인간의 멍청함을 이야기하는
최초의 강아지

파피용

2011년 12월 15일 초판 1쇄 펴냄

펴낸곳 | ㈜ 꿈소담이
펴낸이 | 김숙희
글쓴이 | 데니스 프라이드
옮긴이 | 김옥수
주소 | 136-023 서울특별시 성북구 성북동 1가 115-24 4층
전화 | 747-8970 / 742-8902(편집) / 741-8971(영업)
팩스 | 762-8567
등록번호 | 제6-473(2002. 9. 3)
홈페이지 | www.dreamsodam.co.kr
전자우편 | isodam@dreamsodam.co.kr
ISBN 978-89-5689-733-2 03840
● 책 가격은 뒤표지에 있습니다.

인간의 멍청함을 이야기하는
최초의 강아지

파피용

데니스 프라이드 지음 | 김옥수 옮김

들Book

전 세계 동물 구조원에게 이 글을 바칩니다.

차 례

들어가는 글   9

하나   세상아, 내가 태어나서 좋지?   11

둘   장난감에 숨어 있는 음모   19

셋   새집   41

넷   적응기   53

다섯   초등 교육   65

여섯   개와 운전사   87

일곱   나를 짜증 나게 만드는 것들   97

여덟   애견 마켓 쇼핑   105

아홉   현대 의학   117

열   스키터를 물어 와   129

열하나	개와 인간의 역사	135
열둘	좋은 날씨 나쁜 날씨	145
열셋	생일 파티	159
열넷	애견 공원 에티켓	173
열다섯	어질리티 챔피언	183
열여섯	인간도 생각을 해?	193
열일곱	인간을 제대로 고르는 법	201
열여덟	반려인간의 지적 능력 시험하기	211
열아홉	길에서 만나는 사람들	225
스물	주느비에브에게 물어 봐	231
	감사의 말	247
	옮긴이의 말	248

서점에는 개에 대한 흔해 빠진 책이 가득하다. 그런데 가격 역시 만만치 않다. 이런 책에는 다양한 종의 개에 대한 묘사, 개의 사고방식에 대한 설명, 개를 훈련시키는 방법, 개가 멍청한 인간한테 사랑의 진정한 의미를 알려 준 다음에 '무지개다리'를 넘어갔다는 식의 감상적인 이야기들이 담겨 있다.

처음부터 끝까지 인간이 쓴 이런 책은 개한테는 오히려 우스꽝스럽게 보일 뿐이다. 지금 이 세상에 필요한 건 바로 '개가 인간에 대해서 쓴 책'이 아닐까?

그래서 주느비에브가 나타났다.

주느비에브는 파피용으로 태어났다. 파피용(papillon)은 프랑스어로 '나비'라는 뜻인데, 뾰족한 귀가 나비 날개랑 비슷하다고 해서 붙은 이름이다. 파피용종의 개는 대체로 정열적이고, 우아하며, 다정하고, 지적이며, 사랑스럽고, 명랑하며, 민첩하고, 소유욕과 의지가 강한 것으로 묘사된다. 그렇다면 주느비에브에게도 이런 면이 있을까? 그건 여러분이 이 책을 읽고 스스로 판단하기 바란다. 하지만 이 책은 파피용에 대한 책이 아니다. 신성하고 신비로운 은총을 찬양하는 책이다. 이 무한히 고독한 우주에서 살아가는 개와 인간의 관계는 너무나 사랑스럽고도 놀라운 은총이다.

아마 이 책을 쓴 진짜 저자는 주느비에브가 아니라 나라고 의심하는 사람이 있을 것이다. 그래서 처음부터 이 점을 확실히 짚고 넘어가야겠다. 주느비에브는 몸짓, 태도, 표정, 불요불굴의 정신으로 이 책을 창작해 냈다. 물론 타자를 친 건 나지만, 이 책의 내용은 온전히 주느비에브가 만들었다.

마음껏 즐기시라.

데니스 프라이드

세상아, 내가 태어나서 좋지?

여러분은 내가 미국 역사상 가장 중요한 날인 1997
년 12월 19일을 기억할 거라고 생각하겠지만 사실은 그렇지
않아. 내 머리에 떠오르는 가장 오래된 기억은 태어난 지 2
주일이 지난 다음부터야. 따듯한 곳에서 커다랗고 털이 북
실북실한 젖 분배기를 마음껏 빨아 먹던 기억. 그보다 훨씬
조그맣고 부드러운 털북숭이 두 개랑 몸을 부대끼던 기억도
나. 나는 2주 만에 용기를 내서 처음으로 눈을 뜨고 엄마 클
로에랑 한 태에서 태어난 쌍둥이 남매 하이디와 헌터를 보
았어. 내 이름이 한나라는 사실도 금방 깨달았지.

우리 꼬마 강아지 셋은 방 구석 강아지 우리에 갇혀 있었
어. 아무 데나 오줌을 싸도 괜찮을 것 같아서 일단 난 마음

에 들었어. 엄마는 아무 때나 강아지 우리를 드나들 수 있었어. 그래서 우리 셋을 혼자 키우기가 너무 힘들 때마다 밖으로 짧은 휴가를 떠났지. 나는 엄마가 멀리 떠나는 게 싫었지만 엄마는 우리를 사랑하기 때문에 언제나 다시 돌아왔어.

큰언니 둘도 가끔 나타나서 우리 안에 들어왔어. 큰언니 세실리와 엠마는 우리와 아빠가 달랐어. 두 언니는 우리 아가들한테 많은 관심을 보였지만 성격이 그리 좋지는 않았어. 우리가 엄마 젖을 빨려고 할 때마다 발작을 하곤 했거든. 게다가 가끔은 우리를 약간 거칠게 다루기도 했는데, 그럴 때는 엄마가 언니들한테 우리를 건들지 말고 그냥 놔두라고 부탁해야 했어. 그래도 두 언니가 말을 듣지 않으면 엄마가 언니들 엉덩이를 물어서 혼내 주었지. 이 방법은 효과가 아주 좋아서, 나는 그걸 보고 상대를 마음대로 다루는 방법을 일찍부터 배울 수 있었어.

집 안을 돌아다니는 생명체가 하나 더 있었어. 개랑 비슷하게 생기긴 했는데, 나는 어린 나이에도 불구하고 그렇게 못생긴 개는 설내 있을 수 없나고 생각했시. 나중에 알고 보니까 그건 고양이였어. 고양이는 특별한 목적 없이 빈둥거리며 살아가는 것 같았어. 식탁 주변이나 창가를 어슬렁거리다가, 나를 쳐다보거나 주변을 멀뚱멀뚱 바라보며 거의 모든 시간을 보내더라고. 화분에 뿌리 박혀 살아가는 꽃도 아닌 것이 그렇게 오랫동안 가만히 있을 수 있다는 사실이 나로선 놀라울 뿐이었어.

엄마는 아빠 이름이 캘빈이라고 우리한테 알려 주었어. 그러면서 아빠랑 '함께 산 적'은 한 번도 없다는 사실을 우리한테 설명하려고 여러 차례 노력했어. 하지만 나는 그 말이 무슨 뜻인지 몰랐어. 좋아해야 하는 건지 화내야 하는 건지도 몰랐어. 나중에 아빠한테 직접 물어봐야겠다고 생각하긴 했지만 아빠는 단 한 번도 찾아오지 않았어. 엄마는 아빠가 아름다운 숙녀들과 만나 종견 역할을 하느라 정신없이 바쁘다고 말했어. 하지만 그 종견 역할이라는 게 '함께 산다'는 의미인지 아니면 '함께 살지 않는다'는 의미인지는 알려 주지 않았어.

내가 처음으로 만난 인간 친구는 샤론이야. 샤론은 처음부터 함께 있으면서 엄마가 우리를 돌보도록 도와주었어. 그리고 엄마한테 충분한 음식과 음료수를 챙겨 주었지. 우리가 글을 읽을 수 있도록 바닥에다 깨끗한 신문을 깔아 주기도 하고. 내가 나중에 커서 작가가 되겠다고 마음먹은 계기가 바로 그거였어. 샤론은 장난감도 갖다 주고 우리랑 놀면서 껴안아 주기도 했어. 불쌍한 엄마가 모자란 낮잠을 자도록 일부러 그랬던 거야.

우리가 걷고 뛸 정도로 나이를 먹자, 샤론은 우리 모두를 거실로 데려가서 커다란 강아지들이랑 놀게 해 주었어. 내가 제일 좋아하는 놀이는 강아지 축구였어. 조그만 축구공을 입에 물고 놀이터 밖으로 도망치면 이기는 놀이였지. 그래서 모든 강아지들이 온몸으로 태클해서 공을 빼앗아 입에 물고 밖으로 도망치려고 했어. 우리 아가들은 놀이에 너무나 열중한 나머지 가끔씩 운동장 한가운데에다 쉬야를 할 수밖에 없을 때도 있었지. 그러면 샤론은 훌륭한 감독처럼 가만히 살피다가 누군가가 갑자기 몸을 웅크릴 때마다 놀이터에서 들어냈어.

나는 샤론의 '미혼모 개를 위한 쉼터'에서 지내는 게 너무니 좋았어. 혼자 밖에 나갈 정도로 큰 다음부터는 나무가 가득한 정원에서 마음껏 뛰어놀았지. 연못도 있어서 물을 첨벙거리며 마음껏 놀 수 있었어. 엄마는 다람쥐랑 도마뱀 쫓는 법이랑 나뭇가지에 앉아서 우리를 내려다보며 비웃는 새들한테 짖는 법도 가르쳐 주었어. 새만 보면 나는 정말 짜증이 났어. 그렇게 높은 곳으로 어떻게 뛰어오르는지 도무지 알 수가 없었거든. 내가 빠르게 달리다가 풀쩍 뛰어올라 보기도 했지만 뭔가 문제가 있는 방법이었던 것 같아. 그래서 이렇게 생각했어.

'나중에 나이를 먹으면 좋은 방법이 떠오를 거야. 그러면 저기에 올라가서 새들을 깜짝 놀라게 해야지.'

그리고 몇 주가 지나면서 나는 덩치도 커지고 힘도 생겼어. 머리도 좋아졌어. 저울 눈금이 1.5킬로그램을 가리켰을 때는 온 세상을 마음대로 휘두를 수 있을 것 같은 기분이 들었지. 단, 엄마가 옆에 있을 때만.

샤론한테는 우리를 만나러 오는 인간 친구들이 많았어. 개중에는 아기를 데려온 인간도 있었지. 그런데 나보다 나이가 훨씬 많은데도 아직까지 못 걷는 인간 아기가 있는 거야! 가만히 누워서 옹알거리는 게 다였지. 우리랑 강아지 축구를 하며 뛰어노는 것 자체가 불가능했어. 어린 눈으로 보기에도 인간은 너무나 이상했어. 이 이상한 종족을 연구하는 데 평생을 보내겠다고 마음먹은 게 바로 그때 그 자리였어. 앞으로 어차피 함께 살아야 할 종족이라면 그 종족의 습성을 철저히 파악하는 게 나한테 유리할 테니까 말이야. 하지만 그들은 우리 개보다 지능이 많이 떨어지는 것처럼 보이니까 그다지 어렵지는 않을 거라고 생각했지.

하루는 오후에 또 다른 손님이 샤론을 찾아왔어. 카트리나라고 하는 인간이었어. 그래서 사람들이 자신을 애칭으로 캣(Kat)이라고 부른다고 샤론한테 말했어. 하지만 그 인간은 내가 지금까지 본 그 어떤 고양이(cat)보다 훨씬 예뻤어. 그 인간은 바닥에 앉아서 우리 아가들이랑 오랫동안 놀았어. 그러면서 특히 나를 자세히 살피는 것 같았어. 나는 그 여자랑 놀다가 지쳐서 의자 밑으로 들어가 낮잠을 자려고 했지만 그 여자는 나를 꺼내서 계속 놀려고 했어. 그러다가 나에 대해 귀찮을 정도로 캐묻기 시작하더라고.

"이 아이는 성격이 어떤가요?"
훌륭하지.

"밥은 잘 먹고요?"

우리 엄마가 불쌍하게 느껴질 정도야.

"사람을 잘 따르나요?"

기분이 좋으면.

"파실 거예요?"

뭐라고?

마침내 그 여자는 떠나고 나는 긴장을 풀었어. 내 삶이
완전히 뒤바뀌게 되리란 사실을 전혀 모르고 있을 때였지.

둘

장난감에 숨어 있는 음모

카트리나 남편 데니에게는 고향인 뉴욕 캣스킬에 친구가 하나 있었는데, 그 친구는 세상 물정에, 특히 여성에 대해 빠삭한 도사였어. 이 '도사' 친구는 데니한테 다양한 원칙을 가르쳐 주었는데, 예를 들면 이런 것들이야. 첫째, 절대로 여자한테 아파트 열쇠를 건네주지 말 것 — 그렇게 하면 더 이상 아파트 주인 행세를 못하기 때문이야. 둘째, 여자한테 "사랑해"라는 말을 절대 하지 말 것 — 그런 말을 하면 여자가 권력을 장악해서 철권을 휘두르기 때문이야. 셋째, 여자 친구를 항상 일곱 명 이상 사귈 것 — 한 여자랑 일주일에 한 번 이상 데이트하면 안 되기 때문이야.

비록 데니는 이런 원칙을 단 하나도 지키지 못했지만 도사 친구는 데니에게 걸었던 희망을 절대 버리지 않았어. 그러나 도사 친구가 제시한 가장 중요한 원칙이자 다른 모든 원칙의 토대가 되는 원칙은, "아무리 멍청한 여자라도 가장 똑똑한 남자보다 똑똑하다"는 거야. 이것 하나는 데니도 무조건 받아들일 수 있었지. 그동안 만난 다양한 여자친구들의 사고방식을 제대로 파악한 적이 단 한 번도 없었기 때문이야. 그럼에도 불구하고 데니는 자기에게 강아지를 평생 책임지고 돌보게 할 수 있는 여자는 절대 없을 거라고 확신했어. 아무리 똑똑한 여자라도 말이야.

데니가 강아지를 싫어해서 그랬던 건 아니야. 데니가 열네 살이던 어느 여름날 오후에 강아지 한 마리가 기적처럼 길가에 나타난 적이 있어. 귀와 등에 박힌 점만 갈색이고 몸통은 하얀 아름다운 강아지였지. 목걸이도 없고 주인도 없었어. 데니는 남동생 랜디와 함께 굶주린 강아지한테 우유를 먹이고 목에 목줄 대신 밧줄을 느슨하게 묶었어. 강아지를 경찰서로 데려갔지만 강아지를 잃어버렸다는 신고는 하나두 없었어, 경찰관은 앞으로 2주 안에 주인이 안 나타나면 데니 형제가 집에서 키우거나 유기견 보호소에 보내야 하는데, 보호소에 있다가 일정 시간이 지나도 키울 사람이 안 나타나면 "처리하게" (데니한테는 이 말이 아주 불길하게 들렸어) 될 거라고 설명했어.

데니와 랜디가 집으로 급히 달려가자 새 친구는 옆에서 열심히 쫓아왔어. 가족 정상회의가 열리고, 막강한 권력을 행사하는 부모님은 원칙을 제시했어. 데니와 랜디는 2주간 강아지를 키울 수 있지만 2주가 지나도 주인이 나타나지 않으면 강아지를 보호소로 보내야 한다는 것이었어. 나중에 알았지만 데니의 엄마와 아빠도 결혼 초기에 개를 지극히 사랑하며 기른 적이 있었어. 그런데 불과 몇 년이 지나지 않아 뒷마당에 있는 개를 누가 훔쳐 가 버리는 바람에 두 사람은 심장이 무너지는 고통을 겪었던 거야. 그리고 두 번 다시 그런 고통을 겪지 않겠다고, 절대로 애완견은 기르지 않겠다고 맹세한 거야!

2주란 시간을 번 데니와 랜디는 이웃에서 쓰고 남은 건축물 자재를 얻어다가 오후 내내 멋진 개집을 만들었어. 지붕에 널빤지를 얹고, 내부를 타일로 장식하고, 바닥은 카펫으로 완전히 덮었지. 그래서 너무 무거웠기 때문에 담장 안쪽의 그늘진 곳으로 옮길 때는 아빠의 도움을 받아야 했어.

두 아이는 아주 엉뚱하고 말도 안 되는 별명으로 서로를 부르길 좋아했어. 그래서 지금은 역사 속으로 사라져 기억나지 않는 몇 가지 이유 때문에 당시 데니와 랜디는 기회가 있을 때마다 서로를 '멍청한 살도'라고 부르곤 했어. 그리고 개집을 지을 때 데니가 망치를 떨어뜨려서 '멍청한 살도'가 되었고, 랜디가 엉뚱한 판자를 가져와서 또 '멍청한 살도'가 되었어. 물론 강아지도 이제 한 패가 되었기 때문에, 개집이 거의 완성될 즈음에 강아지가 아주 커다랗게 짖어 대자 데니와 랜디는 무심코 "조용히 해, 이 멍청한 살도."라고 말했지. 그러다 보니 오후가 저물 즈음에는 '살도'가 강아지 이름이 되고 말았어.

데니와 랜디는 살도가 새집에 들어간 모습을 어서 보고 싶었어. 그래서 살도가 안으로 들어가도록 끊임없이 유혹했어. 하지만 살도는 그러고 싶지 않았나 봐. 결국 두 형제가 살도를 들어서 안에 넣었지만 살도는 곧장 나와 버렸어. 다시 시도했지만 이번에 살도는 쏜살같이 뛰쳐나왔어. 아무리 애써도 소용없었어. 두 형제는 개집에 깐 카펫이 마음에 안 들어서 살도가 그러는 것 같다고 생각할 수밖에 없었지.

그 후 이틀 동안 두 형제는 살도를 개집에 들어가게 하려고 모든 노력을 다했어. 강아지용 비스킷을 안에 던져 넣으면 살도가 들어가서 그걸 물고 곧장 뛰쳐나오는 식이었지. 두 형제가 직접 개집에 기어 들어가서 살도를 부르기도 했어. 하지만 살도는 '뭐 저런 멍청한 살도 형제가 있나' 하는 표정으로 물끄러미 쳐다보기만 했지.

그래서 처음 이틀 밤을 살도는 뒷문 바로 앞에서 별을 지붕 삼은 채 자고, 멋있는 개집은 텅 비어 있었어. 그런데 사흘째 되는 날 저녁에 비가 심하게 내리기 시작한 거야. 데니와 랜디는 창가로 달려가서 마당을 내다보았어. 그러자 개집 안쪽에서 몸을 웅크린 하얀 털이 희미하게 보였어. 꼬마 방랑자가 마침내 집에 들어간 거지!

날짜가 지나도 경찰서나 유기견 보호소에서는 아무 소식도 없었어. 데니와 랜디는 조금씩 불안해졌어. 살도를 보내야 한다는 사실을 견딜 수가 없었던 거야. 그런데 몇 가지 희망적인 징후가 보이기 시작했어. 하루는 창밖을 내다보니, 아빠가 살도랑 놀고 있는 거야. 살도가 펄쩍펄쩍 뛰어서 커다란 원을 그리며 달리면 아빠가 그 뒤를 쫓는 척하는 놀이였어. 능숙한 영업사원들 사이에는 '손님한테 제품을 만지게 하는 게 물건을 파는 지름길'이란 금언이 있지. 바로 그거였어. 살도가 자기 자신을 파는 엄청난 일을 해내고 있었던 거야. 다음 날에는 엄마랑 아빠가 살도를 데리고 산책을 나갔어. 시간이 지날수록 분위기가 좋아지기 시작한 거지!

마지막 일주일이 끝날 즈음에 아빠는 점심시간에 살도와 평소처럼 놀았고 엄마는 아빠랑 같이 살도를 데리고 저녁 산책을 나가기도 했어. 사실 데니와 랜디는 살도가 엄마 아빠랑 그렇게 친해지는 게 마음에 들지 않았지. 질투가 났거든. 하지만 당장은 그러는 편이 훨씬 유리하다는 사실을 알고 있었어. 그리고 그 판단이 맞았어. 마지막 날 저녁 식탁에서 아빠가 빵에 버터를 바르며 불쑥 이렇게 말한 거야.

"개를 기르도록 하렴."

데니와 랜디는 고함을 지르면서 벌떡 일어나 뛰쳐나갔지만 살도는 이미 알고 있기라도 한 것처럼 행동했어. 그리고 몇 주가 지난 다음에 두 형제는 백만 달러를 준다면 살노를

팔겠느냐고 아빠한테 물었고, 아빠는 안 판다고 대답했어.

(데니와 갠디는 비즈니스의 '비'자도 몰랐어. 처음부터 200만 달러를 제시했어야 하는 건데 말이야.)

살도는 빠르게 가족의 일원이 되었지만 몇 개월 동안 집 안에 들어올 순 없었어. 살도가 알고 있는 건 가족 모두가 밤에 뒷문으로 사라졌다가 아침에 다시 나타난다는 게 전부였어. 살도는 집 안에서 자신이 끼어들 수 없는 일이 일어나고 있다는 생각만 하면 견딜 수가 없었어. 그럴 때마다 문 앞에 서서 강아지 특유의 목소리로 멍멍 짖고 낑낑거리다가 아무런 반응이 없으면 나무 밑에 살그머니 들어가 앉아서 아주 슬픈 표정으로 쳐다보곤 했지.

하루는 데니 엄마랑 아빠가 살도를 잠시 집 안에 들여서 어떻게 하는지 보기로 결정했어. 살도가 전에 인간의 집에 들어온 적이 있는지를 알 수가 없었기 때문이야. 두 사람은 뒷문을 열고 살도를 불렀어. 살도는 재빨리 달려오다가 문턱 앞에서 갑자기 멈췄지. 문이 활짝 열려 있는데도 말이야. 오랜 습관은 쉽게 사라지지 않는 법이야.

"들어와, 살도."

엄마 아빠가 말하자, 살도는 물끄러미 쳐다보았어. "정말이에요?" 하고 묻는 것 같았어.

"살도, 들어와!"

엄마 아빠가 다시 말하자, 이제 살도는 그 말이 진심이라는 걸 파악하고 번개처럼 뛰어들었어. 그리고 기다란 입구를 곧장 달려서 거실을 지나 부엌의 막다른 벽에 도달했어. 그 순간 이번에는 리놀륨 바닥을 미끄러지며 180도 돌아서 거실과 기다란 입구 쪽으로 다시 달렸지. 그러더니 좁은 곳에서 몸을 돌려 총알 같은 속도로 다시 똑같이 달리는 거야. 두 귀를 머리에 납작하게 붙인 상태로 기관총처럼 끊임없이 짖어대면서 말이야. 그리고 또다시 그렇게 달리고……. 눈에 보이는 거라곤 30초 간격으로 뻗어 나가는 하얀 줄이 전부였어. 아주 짧은 주기로 계속 나타나는 혜성처럼 말이야.

그렇게 5분이 지나자, 데니는 살도한테 심장마비가 일어날까 두려웠어. 그래서 현관문을 열어 놓았지. 그러자 다시 달려 나오던 살도가 마당으로 곧장 뛰쳐나가서 자기 집으로 들어갔어. 그러곤 그곳에 가만히 머물며 정신없이 숨을 헐떡였지.

시간이 흐르면서 살도가 집 안에 들어와 정신없이 뛰는 일이 줄어들더니 마침내 실내를 여유롭게 돌아다니게 되었어. 얼마 후에는 거실 안락의자 뒤에서 조그만 공간을 찾아내서 자기 자리로 만들었어. 결국 살도는 바깥에서 지내는 시간만큼 실내에서 지내기 시작했지. 살도는 시간을 효율적으로 사용했는데, 안에 들어오고 싶으면 문가에서 짖어 대고 나가고 싶을 때도 그렇게 하는 식이었어. 하지만 살도는 절대로 실내에서 밤을 보내지 않았어. 약 11시경이 되면 (오차가 몇 분에 불과했지) 안락의자 뒤에서 일어나 기지개를 길게 켜고 문가로 천천히 걸어서 밖으로 나가겠다고 짖는 거야. 밖에 나간 다음에는 세상이 조금 전과 같은지 주변을 쭉 살피고 나서 자기 집으로 들어갔지.

심지어 살도는 한겨울에도 자기 집에서 잤어. 눈보라가 치는 영하의 날씨에도 살도는 자기 집에 깊숙이 들어가서 몸을 둘둘 말고 데니가 넣어 준 담요와 건초를 뒤집어쓰고 잤지. 사실 살도는 날씨가 추울수록 기분이 좋은 것처럼 보였어. 개를 잘 아는 사람들은 살도한테 콜리종과 허스키종이 섞였는데 겨울이 되면 허스키 성질이 드러나는 게 분명하다고 추측할 정도였어.

하지만 마침내 기록적인 추위가 다가왔어. 한밤에 기온이 영하 25도까지 떨어진다는 일기예보가 나온 거야. 데니네 가족은 기록적인 추위가 걱정스러웠지만 살도는 기꺼이 도전하겠다는 표정이었어. 하지만 데니 가족은 살도를 그날 밤만 안에 두기로 결정했어. 물론 쉽지 않았지. 살도는 평소와 같은 시간에 나가겠다고 짖어 대고 온 가족은 못 들은 척해야 했으니까. 무시당한 살도는 화가 나서 더 커다랗게 짖어 댔어.

데니 가족은 너를 위해서 그러는 거라고 살도한테 설명한 다음에 모두 침실로 들어갔지. 살도는 몇 차례 더 짖어 댄 다음에 다른 방법이 없다면 받아들이는 게 좋다고 생각했어. 그리고 데니 침대에 뛰어올라 몇 바퀴 돌면서 적당한 자리를 찾아본 다음에 한숨을 내쉬며 데니 발 바로 위에 풀썩 엎드렸어.

살도는 그날 이후 평생 동안 단 하루도 밖에서 밤을 보내지 않았어.

살도는 열네 살까지 살았어. 데니가 어릴 때 데니의 인생에 들어와서 어른이 될 때까지 머물렀지. 살도는 운동장에서 데니는 물론 데니 친구들과 함께 달렸고, 데니의 첫 번째 여자 친구를 비롯해 그 이후의 모든 여자 친구들을 만났고 (살도는 그 여자들 모두를 사랑했어), 데니가 운전면허를 처음 땄을 때는 데니한테 모든 것을 맡긴 채 데니가 운전하는 자동차를 타고 돌아다녔으며, 데니가 방학을 맞아 대학에서 집으로 올 때마다 반겨 주었어.

그리고 데니가 새 학기를 시작하기 위해 집을 떠나야 할 시간은 다시 찾아왔어. 데니는 짐을 꾸리고 살도는 슬픈 눈으로 그런 데니를 지켜보았지. 살도는 여행 가방을 꾸리는 게 무슨 의미인지 너무나 잘 알고 있었어. 그래서 데니가 작별인사를 하며 쓰다듬자 바닥에 가만히 엎드려 있었어. 살도는 늙어서 그 나이 또래 개들이 겪는 다양한 질병에 시달리고 있었어. 어쩌면 이번이 마지막일 수도 있다는 사실을 데니는 본능적으로 느꼈지. 살도도 그 사실을 알고 있는지 궁금했어. 그렇게 가만히 엎드려서 데니가 오랫동안 쓰다듬도록 놔둔 적이 없었기 때문이야. 평소 같으면 좀이 쑤셔서 다른 곳으로 재빨리 달려가곤 했거든. 하지만 그날은 그러지 않았어.

몇 주가 지난 다음에 데니는 집으로 전화해서 평상시와 마찬가지로 엄마랑 대화를 나누었어. 그리고 마지막 순간까지 기다리다가 마음속에 품은 말을 꺼냈지.

"살도가 아직도 있나요?"

엄마가 대답했어.

"아니."

"나도 그럴 줄 알았어요. 이제 끊어야겠어요. 다음에 또 걸게요."

데니는 쓰다 만 철학 논문이 펼쳐져 있는 책상 앞에 앉아서 울었어.

그리고 삶이란 건 대체로 한 단계에서 다음 단계로 조금씩 넘어가다가 어느 날 현재의 자신을 바라보며 깜짝 놀라는 식이라고 생각했어. 하지만 당시의 데니는 말 그대로 인생이 갈기갈기 찢겨 나가고 빙하에서 쪼개져 나온 얼음 덩어리가 커다란 소리를 내며 바다로 떨어지는 것 같은 고통을 느껴야 했지.

"아니."라고 엄마가 대답했을 때.

한편, 카트리나는 주변에 개들이 없었던 시기가 언제인 지 기억나지 않는 삶을 살았어. 앨라배마 농촌 지역에서는 주에서 만든 주택법 때문에 현관 계단이나 그 밑으로 다양 한 개가 모여들 수밖에 없었거든. 새끼를 낳으면 다른 집에 보내고, 집 없는 개가 나타나서 머물기도 하고, 집에 있던 개가 떠나서 돌아오지 않기도 하면서 오랜 시간이 흐르는 동안 많은 개들이 바뀌는 식이었어. 그래도 카트리나는 모 두한테 충분한 먹이를 주고 가끔씩 함께 놀기도 하고 날씨 가 아주 나쁜 날에는 지하실로 피신시키기도 했지.

그러다 보면 어떤 개 한 마리가 특히 눈에 띄어서 '카트 리나의 개'가 되는 거야. 그래서 그 개가 아주 어린 나이에 세상을 떠날 때마다 (시골에서 사는 개는 우리처럼 도시에서 사는 개 가 상상할 수 없는 다양한 위험을 겪는 법이야) 카트리나는 심장이 수없이 무너지곤 했어. 하지만 다행히도 그럴 때마다 카트 리나 앞에 언제나 다른 개가 나타났지.

대학을 마치고 카트리나는 직장을 구하기 위해 용기를 내서 '양키'의 심장부인 뉴욕 북부 지방으로 올라갔고, 얼마 후에 데니를 만났어. 카트리나는 데니가 모르는 것들을 많이 가르쳐 주었지. 그 가운데 첫 번째 사례, 매년 새해에는 풍요로운 한 해를 기원하기 위해 동부콩이랑 돼지 목살을 크게 자른 옥수수 빵과 함께 먹어야 한다. 두 번째 사례, '남북전쟁'은 없다, '북군의 침략 전쟁'이 있을 뿐이다.

하지만 데니의 조상은 그 피비린내 나는 전쟁이 끝나고 오랜 세월이 지난 다음에 미국으로 들어왔기 때문에 카트리나는 데니와 데이트를 해도 남부를 배신하는 건 아니라고 생각했어. 한편 데니는 도사 친구한테 배운 원칙 모두를 자신이 또 완벽하게 깨뜨리고 있다는 사실을 얼마 후에 깨달아야 했지.

카트리나는 행복했지만 두 가지 면에서는 아니었어. 날씨가 언제나 추웠고 (7월 4일 독립기념일만 빼고) 개가 없었기 때문이야. 하지만 데니는 둘 다 일하기 때문에 개를 제대로 돌볼 수 없다며 개를 키우는 데 반대했어. 게다가 두 사람은 해외여행을 좋아했어. 그런데 개가 있으면 어떻게 해외여행을 갈 수 있겠어? (개가 있으면 비행기 타기가 번거롭다는 걸 잘 알고 있었거든. 이건 아주 드문 일이긴 하지만 데니도 기발한 핑곗거리를 그렇게 몇 년이 지나는 동안 카트리나에게 매서운 추위는 더 이상 매력적으로 다가오지 않았어. 그건 데니도 마찬가지였어. 그래서 두 사람은 마지막 이삿짐을 싸서 플로리다 주 사라소타로 이사하고, 결혼하고, 집을 샀지. 카트리나는 사전 준비 작업을 충분히 했으니 이제 본론으로 넘어가서 개를 키울 수 있겠다고 생각했어. 하지만 데니는 양보하지 않았어. 꿈쩍도 안 했어. 카트리나는 데니를 억지로 끌고 나와서 애완동물 가게를 찾아다니기 시작했지. 물론 데니도 카트리나만큼이나 강아지를 사랑했어. 하지만 너무나 고통스러운 추억을 되새기고 싶지 않았던 거야.

그래서 카트리나는 지겨울 정도로 보기 싫은 남편을 집에 두고 혼자서 애완동물 가게를 찾아다니기 시작했어. 그러던 어느 날 눈에서 번개가 튀는 것 같았어. 애완동물 가게에 들어서는 순간 유리벽 너머로 눈물이 흐를 정도로 아름다운 강아지가 보였던 거야. 그렇게 아름답고 사랑스러운 강아지는 생전 처음이었어. 카트리나가 한 손을 유리벽에 올리자 그 강아지도 그 손을 핥으려고 열심이었어. 직원이 강아지를 꺼내서 안겨 주었고 카트리나는 자신이 한순간에 그렇게 심각한 사랑에 빠질 수 있다는 사실을 도저히 믿을 수 없었지.

물론 그 개는 파피용이었어. 카트리나는 의자에 앉아서 강아지를 최대한 오래 껴안았어. 그 조그만 털북숭이 강아지를 그대로 두고 나오기가 너무나 힘들었지만 카트리나는 그 사실을 데니한테 말하기 위해 집으로 바삐 돌아갔어. 카트리나가 이야기를 하는 동안 데니는 개 때문에 또 싸움이 일어날 거란 사실을 직감했지. 이번에는 카트리나가 쉽게 물러서지 않을 거란 사실도 깨달았어. 그래서 일단 데니는 나중에 그 개를 구경하러 가겠다고 약속해 놓고, 계속 핑계를 대며 뒤로 미루었어. 그러는 동안 카트리나는 퇴근한 다음에 하루도 빠지지 않고 그 개를 찾아갔어. 아직까지 그대로 있을까 아니면 없을까 걱정하면서…….

그러던 어느 날 아침, 카트리나가 출근한 다음에 데니는 카트리나의 옷장 앞을 지나다가 구석에 쑤셔 넣어진 무언가를 발견했어. 비닐 쇼핑백이었는데 안에 조그만 농구공 하나가 들어 있는 것 같았어. 데니는 쇼핑백을 열다가 하마터면 기절할 뻔했어. 그 안에 조그만 장난감 농구공이랑 플라스틱 뼈 그리고 개 목걸이랑 목줄이 들어 있었기 때문이야.

데니는 마음속으로 한 가지 소원을 빌었지. 크리스마스가 다가오고 있으니 아마, 아마 카트리나가 다른 사람의 강아지한테 선물하려고 사다 놓았을지도 몰라. 그러고 나서 직장에 있는 카트리나한테 전화를 걸었어.

"카트리나, 당신 옷장 구석에 비닐 쇼핑백이 숨겨져 있는 거 봤어. 강아지 장난감이 들어 있는 쇼핑백. 누구한테 줄 거야?"

무거운 침묵.

"카트리나, 당신 옷장에 박혀 있는 비닐 쇼핑백 알지? 강아지 장난감이 들어 있는 쇼핑백. 누구한테 줄 거야?"

더 무거운 침묵.

아주 민감한 질문을 던졌는데 상대가 아무 대답도 안 한다는 건 그리 좋은 징후가 아니란 사실을 아무리 눈치 없는 데니라도 이제 조금씩 느낄 수 있었어.

데니는 갑자기 현기증이 일어났지. 그래서 그 자리에 그대로 주저앉았어.

"카트리나, 개를 사지도 않을 건데 그런 장난감을 뭐하러 갖다 놓은 거야?"

"나도 모르게 그런 거야."

그걸로 충분했어. 아이를 낳을 수 없게 된 아내가 넋을 잃은 채 조그만 아기 스웨터를 짜고 아기 방을 꾸미기 시작하는 내용의 옛날 흑백영화가 데니의 머릿속에 떠오른 거야. 애완동물 가게를 돌아다니고 없는 개를 위해 장난감을 고르는 불쌍한 아내 생각에 데니는 마음이 녹았어. 그리고 이제 선택할 때가 되었다는 사실을 깨달았지. 개를 데려오는 일에 동의할 것인가 아니면 카트리나를 정신병원에 보낼 것인가.

데니는 개를 데려오는 편이 훨씬 싸게 먹힌다는 사실을 알고 있었어. 더 이상 반대하는 건 의미가 없었지.

그래서 그날 오후에 데니는 파피용에 대한 책을 한 권 사 두었다가 직장에서 돌아온 카트리나한테 선물했어. 그리고 옷장 구석에 박혀 있는 강아지 장난감 쇼핑백이 아니었다면 강아지를 기르는 일에 절대 동의하지 않았을 거라고 말했어. (물론 데니가 의혹을 품을 것까지는 아니지만, 도사 친구가 남성에 비해 뛰어난 여성의 능력에 대해 오래전에 한 말이 떠오르는 건 어쩔 수 없었지.) 마침내 두 사람은 개를 데려오기로, 파피용으로 구하기로, 개를 교배하는 사람한테서 구하기로, 이 모든 건 카트리나가 알아서 하기로 결정했어.

곧 카트리나는 전화랑 인터넷을 통해 전국의 정보를 얻으면서 파피용에 대해 연구하고, 도그쇼에 참석하고, 전문가와 상의하고, 수첩에 애견 브리더들의 이름과 주소를 적어 나갔지만 그 가운데에 파피용을 팔 만한 사람은 아무도 없었어. 하지만 카트리나는 의지를 잃지 않고 몇 달 동안 꾸준히 노력했지.

그러던 어느 날 조지아 주에 사는 브리더가 파피용 통신망에서 들은 소식을 카트리나한테 알려 줬어. 플로리다 주 베니스에 사는 브리더가 파피용 강아지 몇 마리를 팔려고 내놓았다는 거야. 거기가 어디지? 딱 16킬로미터 거리, 정말 가까웠어. 카트리나는 먼저 전화로 샤론이라는 다정한 여성과 즐거운 대화를 나누었고, 어느새 바닥에 앉아서 의자 밑으로 기어 들어간 세상에서 가장 귀여운 강아지를 꺼내고 있는 자신을 발견했지.

그런 다음에 집으로 달려가서 자신이 찾던 바로 그 강아
지를 마침내 발견했다고 데니한테 말했어.

바로 나였지.

셋

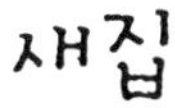

새집

며칠 후에 카트리나가 다시 찾아왔어. 이번에는 데니를 데리고. 카트리나는 바닥에 앉아서 예전과 마찬가지로 나랑 놀고 데니는 멀찌감치 떨어져 앉아서 가만히 지켜보기만 했어. 입을 꾹 다물고 있더라고. 좀 어리둥절해하는 것 같았어.

마침내 데니는 정신을 차리고 우리 남매들과 놀기 시작했어. 하지만 나랑 하이디보다는 남자애인 헌터한테 더 많은 관심을 기울이는 것 같았어. 나는 그게 싫었지. 누구든 나한테 관심을 집중시켜야 했거든. 그래서 다짐했어.

'좋아, 내가 제대로 보여 주지.'

나는 커다란 개들을 쫓아가서 엉덩이를 물기 시작했어.

그러자 데니가 웃는 것 같더니 (인간들의 유머 감각은 아주 이상해), 샤론한테 뭐라고 말하는 거야. 그때만 해도 내가 영어를 잘 모를 때였는데 '계약금'이란 말이 나오는 것 같더니, 데니가 샤론한테 녹색 종이 몇 장을 건네주더라고. 나는 그걸 씹어 먹고 싶었지만 샤론이 그걸 우리 입이 안 닿는 서랍에 넣었지. 마침내 데니랑 카트리나는 떠나고 나는 관심을 끊었어.

집으로 가는 도중에 데니는 카트리나에게 사실 처음에 자기는 남자 강아지와 더 잘 어울릴 수 있을 것 같아서 그쪽이 훨씬 마음에 들었다고 했어. 데니의 설명에 의하면 남자 강아지는 아주 거칠어서 아무렇게나 다뤄도 되지만 여자 강아지는 섬세하기 때문에 아주 부드럽게 다뤄야 한다는 거야. (이 놀라운 주장이 여자 강아지를 한 번도 길러 본 적이 없는 사람한테서 나왔다는 사실을 명심하도록 해.) 하지만 내가 커다란 개를 쫓아다니면서 재롱을 떠는 동안 쌍둥이 형제 헌터는 잠만 자는 걸 보고 데니는 나한테 마음을 빼앗기고 만 거지.

데니의 도사 친구는 이제 '아무리 멍청한 여자 개라도 가장 똑똑한 남자 인간보다 똑똑하다'는 아주 숭요한 원칙을 덧붙여야 할 것 같아!

그때까지만 해도 나는 내가 데니한테 준 강렬한 인상 때문에 내 삶이 어떻게 바뀔지에 대해서는 전혀 모르고 있었어. 관심과 칭찬을 받고 싶어서 그런 것뿐이었으니까. 내가 헌터처럼 잠이나 잤다면 아직까지 샤론네 집에서 살고 있을지도 몰라.

플로리다 주 법에 의하면 브리더는 생후 8주가 되기 전에는 강아지를 분양할 수 없어. 그래서 카트리나는 내가 살 집을 꾸밀 시간이 2주 있었지. 그러면서 나한테 붙여 줄 이름을 곰곰이 생각하기 시작했어. 나는 '한나' 가 진짜 이름이 아니란 사실을 처음부터 알았고 카트리나도 그랬어. 새 가족이 생기면 이름을 지어 줄 거라 생각하고 샤론이 임시로 붙인 이름에 불과하거든.

그렇다면 내 진짜 이름은 뭐란 말이야? 카트리나는 수많은 작명 책을 훑어보거나 사전을 뒤지고 다양한 이름을 떠올리고 입으로 발음해 보면서 '진리의 절대 반지'를 찾아 헤맸어.

하지만 찾지를 못했지.

그러던 어느 날 저녁, 카트리나는 파리 여행 안내서를 펼쳤어. 카트리나는 파리를 너무나 사랑한 데다 '파피용' 자체도 프랑스 말이기 때문이야. 그렇다면 그 책 어딘가에 내 이름이 있을 게 분명하단 생각이 든 거지.

가만있자.

"매들린? 말리? 샹송?"

아니야.

"위스타슈? 비비안? 릴? 마거리트?"

이것도 아니야.

카트리나는 뒤로 계속 넘겼어. 그러다가 어떤 문장에 눈길이 꽂혔어.

"파리의 수호성인은 주느비에브 성인이다."

'주느비에브!' 바로 이거야, 틀림없어. 바로 이게 처음부터 내 진짜 이름이었어! 카트리나는 너무 흥분한 나머지 책을 그 자리에 떨어뜨린 채 데니한테 달려갔어.

데니는 부엌에서 저녁에 먹을 잡탕 요리를 만드는 중이었어. 카트리나는 어떤 경우에도 각각의 음식이 섞이지 않도록 접시에 그대로 담아서 먹어. 서로 조금도 섞이지 않고 음식 하나하나가 지닌 고유한 맛을 즐길 수 있어야 하거든.

하지만 데니는 완전히 다른 유형이야. 카트리나가 잔뜩 흥분한 표정으로 부엌에 뛰어드는 순간, 데니는 국수를 만들어서 거기에 건포도를 붓고 있었어. 그걸 보는 순간 카트리나는 지난 경험으로 볼 때 데니가 그 끔찍한 혼합물에다 하얀 치즈에 계피가루까지 넣고 사과 소스에 찍어서 먹을 거란 사실을 알 수 있었지. 하지만 금방이라도 구역질 날 것 같은 요리를 카트리나는 기꺼이 못 본 척했어. 아주 놀라운 소식이 있었기 때문이지.

"우리 강아지 이름을 찾았어!"

"다행이군. 어떤 이름인데?"

"주느비에브."

"뭐?"

"주느비에브."

"'개' 한테 주느비에브란 이름을 붙일 순 없어."

"왜?"

"이유야 많지. 우선, 너무 사람 이름 같아. 개한테 어울리지 않잖아. 게다가 너무 길어. 개는 조그만데 이름이 너무

웅장해. 다섯 글자나 되잖아. 개한테는 한두 글자가 좋아. 마당에서 '주느-비-에-브, 주느-비-에-브' 하고 부를 순 없잖아."

카트리나는 데니가 끼얹은 얼음물을 그대로 뒤집어쓴 느낌이었어. 저렇게 끔찍한 음식을 먹는 주제에 어떻게 이리도 부정적인 의견을 말할 수 있을까?

"그렇지 않아. 완벽한 이름이야. 이게 그 애 이름이야. 더 좋은 이름이 생각나면 나한테 알려 주든가."

카트리나는 이렇게 말하고는 힘차게 밖으로 나갔어.

"알았어."

데니는 그렇게 대답하면서 요리와 함께 마시려고 오렌지 주스에다 포도주스를 부었어.

카트리나는 며칠 동안 마음을 졸였지. 프랑스어 사전을 뒤적이는 데니가 여러 차례 보였기 때문이야. 하지만 데니한테는 '바로 이거야' 하는 느낌이 없었던 것 같아. 그래서 마침내 별다른 말 없이 이렇게 툭 던진 게 전부였어.

"내가 양보하지. '주느비에브'란 이름을 붙여. 그렇게 나쁘지 않을 수도 있으니까."

하지만 사실 데니는 자신이 ‘주느비에브’란 이름의 조그
만 1.5킬로그램짜리 털북숭이 강아지를 데리고 동네를 산책
하는 장면을 뇌리에서 떨쳐내려고 엄청나게 애쓰는 중이었
어. 너무나 어이없는 영상을 억누르기 위해 커다란 할리 데
이비슨 오토바이라도 사야 할 것 같은 기분까지 들었지. 하
지만 데니는 오토바이를 무서워했어.

한편, 내가 두 사람을 까마득히 잊어버린 어느 날 저녁에
카트리나랑 데니가 샤론네 집에 갑자기 나타났어. 카트리나
는 거실 바닥 한가운데에 앉아서 나를 쳐다보며 빙그레 웃
었지. 하지만 이번에 나는 일정한 거리를 유지했어. 뭔가
큰일이 날 것 같은 냄새를 맡았기 때문이야.

“주느비에브, 이리 와, 주느비에브.”

카트리나가 말했어.

나는 커다란 충격과 쾌감을 동시에 느끼며 양쪽 귀를 곧
장 쫑긋 세웠어. 저 여자가 내 진짜 이름을 어떻게 알고 있는
거지? 다른 사람은 전혀 모르고 있는 것 같은데. 나는 그쪽
으로 달려가서 앞으로 내민 카트리나의 두 손을 핥았고 카트
리나는 나를 들어서 키스 세례를 퍼부으며 꼭 껴안았어.

“이거 봤어? 내가 이름을 부르자마자 곧장 달려온 거?”

카트리나는 득의양양하게 소리치고 데니는 고개를 저었어. 벌써부터 우리 여자 둘한테 머릿수에서 밀리는 느낌이 들기 시작한 거야.

그 다음에는 모든 일이 빠르게 진행되었어. 데니는 샤론한테 녹색 종이를 더 주고, 카트리나는 ‘목줄’이라고 하는 물건을 내 목에 맸어. 그러자 샤론이 나를 껴안고 키스하며 이렇게 말했지.

“잘 지내, 주느비에브, 보고 싶을 거야.”

맙소사! “잘 지내.”라니 그게 무슨 말이에요? 어디 가세요, 샤론?

그런데 카트리나가 나를 들고 밖으로 나가려고 하는 거야. 잠깐! 이건 너무 심하잖아요!

“엄마, 엄마!”

내가 힘차게 짖었지만 엄마는 구석에 가만히 앉아서 슬픈 눈으로 쳐다볼 뿐이었어. 이런 식의 강아지 납치를 막을 방법이 없다는 사실을 알고 있었던 거야. 이윽고 두 사람은 나를 자동차에 태우고 시동을 걸었어. 나는 자동차를 타 본

적이 있어. 샤론이 우리 강아지들을 모두 태우고 수의사한
테 검진을 받으러 갈 때였는데, 수의사가 우리를 아픈 막대
기로 찔렀어. 나는 너무 무서워서 거친 숨을 내쉬며 낑낑거
리기 시작했지.

카트리나랑 데니는 괜찮으니까 진정하라고 나한테 계속
말했지만 그들이 I-75 고속도로로 접어드는 순간 나는 고통
의 세상에 들어섰다는 사실을 깨달았어. 예전에 커다란 개
들이 일단 I-75에 들어서면 어디로 끌려갈지 모른다고 말한
이야기가 떠올랐거든.

하지만 우리는 얼마 안 가서 옆길로 빠져나와 훨씬 느린
속도로 달리다가 곧이어 차고로 들어갔어. 카트리나는 나를
집으로 데려가서 바닥에 내려놓으며 말했지.

"집에 온 걸 환영해, 주느비에브."

"나를 다시 데려다 주세요!"

나는 멍멍 짖었어. 우선, 리놀륨 바닥이 싫었고 둘째, 이
낯선 집구석에 어떤 괴물이 숨어 있는지 누가 알아? 카트리
나는 나를 들고 이리저리 다니며 방 하나하나를 보여 주었
어. 실내장식은 그다지 신경 쓰이지 않았지만 내가 보기엔

분위기가 너무 어두운 것 같더라고. 그러고는 두 사람이 나를 데리고 동네 산책도 나갔어. 내가 냄새를 맡은 바에 의하면 이 근방에는 개가 일곱 마리, 고양이가 세 마리, 토끼 가족 하나, 그리고 뱀 한 마리가 있었어. 나는 이 동네에 새 보안관이 나타났음을 알리기 위해 최대한 많은 곳에다 열심히 흔적을 남겼지.

조금 후에는 잠잘 시간이 찾아왔어. 그런데 이게 뭐야? 카트리나가 나를 앞에 창살이 달린 플라스틱 상자에다 넣어서 침실 구석에 놓고, 자기네만 편하고 따듯한 침대에 올라가는 거야. 평생을 사는 동안, 꼬박 2개월을 사는 동안, 나는 언제나 가족과 꼭 부둥켜안고 잠을 잤어. 그런 내가 이런 낯선 환경에 적응할 거라고 생각한 멍청이가 도대체 누구야?

나는 최대한 커다랗게 비명을 지르기 시작했어. 내가 들어 있는 플라스틱 상자 자체에 메아리가 커다랗게 울린다는 사실을 발견하고는 데니랑 카트리나를 목표로 계속 짖었어. 두 사람은 나를 타이르면서 어서 자라고 말했지만 나는 사명감이 투철한 개잖아. 그렇게 한 시간이 지나자 카트리나가 일어나 나를 감옥에서 풀어 주었어. 그리고 날 거실로 데려가서 함께 소파에 누워 담요를 덮었어. 그러니까 기분이 훨씬 좋더라고. 나는 카트리나의 품에 안긴 채 곤하게 자다가 새벽 다섯 시에 깨어났어. 그리고 이제 모두 충분히 잤다고, 이제 '놀 시간'이라고 결정했어.

나는 10분 동안 어둠 속을 마음껏 뛰어다니며 놀다가, 잔뜩 지친 눈을 커다랗게 뜨고 멀뚱멀뚱 쳐다보는 데니와 카트리나를 남겨 두고 다시 잠자리에 들었어.

나름대로 괜찮은 출발이었지.

적응기

나는 처음 몇 달을 힘들게 보냈어. 새집에는 익숙해졌지만 무서워서 혼자 방에 들어갈 수가 없더라고. 괴물 냄새가 나거나 소리가 들리는 건 아니지만 눈앞에서 코를 베어 가는 세상이잖아. 나는 엄마랑 헌터, 하이디를 계속 찾았지만 아무 데도 없었어. 나는 앞으로 인간을 벗 삼아 평생을 보내야 할 운명이란 말이야? 이런 생각을 하니까 기분이 너무 우울했어. 식욕도 잃었어. 데니나 카트리나가 손으로 주는 것만 받아먹었어. 사실 이것은 두 사람한테 누가 대장인지를 처음부터 확실히 하기 위한 마스터플랜의 일환이기도 해. 인간한테 주도권을 넘겨주면 함께 사는 것 자체가 악몽으로 변할 수 있기 때문이야.

다른 방법도 많이 있어. 두 사람이 나를 쓰다듬으려고 하면 손가락을 무는 거야. 그리고 그들이 부를 때 절대 다가가지 않았어. 내 목에 목줄을 맬 정도로 가까이 다가오려면 먼저 맛있는 것부터 내밀도록 두 사람을 훈련시켰어. 나는 두 사람이 안 보는 사이에 멋진 베이지색 카펫에다 쉬하거나 응가 하는 걸 특히 좋아했어. 두 사람이 그걸 발견하고 이리저리 뛰어다니며 종이타월을 가져오고 이상한 냄새가 나는 클리너를 뿌리는 모습이 정말 재미있었거든. 그리고는 그 자리에 가서 냄새를 킁킁 맡으며 "어떤 저속한 인간이 우리 아름다운 집에다 이런 짓을 한 거야?" 하는 표정으로 두 사람을 올려다보곤 했어. 어떨 때는 내 연기가 너무 훌륭한 나머지 두 사람이 서로를 의심할 정도였어.

내가 두 사람을 괴롭히는 또 다른 방법은 '부웅 달리기'였어. 아무런 이유도 없이 시속 100킬로미터 속도로 거실을 돌고 또 도는 거야. 그러다 보면 너무 재미있어서 아무 생각 없이 공중에 응가를 갈길 때도 있었지. 두 사람은 개가 붕붕 달리는 모습을 예전에 한 번도 본 적이 없어서 행여나 내가 심각한 병에 걸린 건 아닌지, 혹은 내 몸에 악마가 들어온 건 아닌지 걱정스러워했어.

또 나는 카트리나가 나랑 매일 밤 소파에서 자도록 만들었어. 그러자 마침내 카트리나는 자포자기 상태에 빠진 나머지 내 플라스틱 감옥을 침대 옆으로 바싹 붙이고 내가 낑낑거릴 때마다 한 손을 창살 앞으로 내려서 코를 비빌 수 있도록 해 주었어. 나는 기분이 약간 풀려서 그들이 마련한 플라스틱 잠자리를 마침내 받아들였어. 당분간만. 하지만 이건 임시변통일 뿐이야. 최종 목표는 침대에 올라가서 당당하게 내 자리를 차지하는 거니까.

시간이 지나고 자신감이 생기면서 나는 혼자 집 안을 탐색하기 시작해서 괴물이 하나도 없다는 사실을 확인했어. 그래서 내가 어느 방에 들어가 있는지를 데니나 카트리나가 모를 때가 많았고 나는 그들이 불러도 당연히 나오지 않았어. 그러면 두 사람은 나를 찾기 위해 의자와 탁자와 소파와 침대 밑까지 샅샅이 뒤져야 했지. 나로선 정말 재미있는 놀이였어!

마침내 두 사람은 머리를 써서 모든 방문을 닫아 놓기 시작했고 그래서 나는 거실과 부엌에서만 지내야 했어. 하지만 평생을 한 곳에서만 지내야 한다면 나는 당연히 부엌을 고르겠어. 맛있는 음식이 나오니까. 내가 좋아하는 음식은 다음과 같아. 정말 최고로 맛있는 것에서부터 아주 맛있는 것 순으로 내려간 거야.

1. 피자
2. 피자
3. 피자
4. 닭고기
5. 스테이크
6. 치즈
7. 달걀말이
8. 파스타
9. 참치
10. 팬케이크

그리고 나는 강아지용 쿠키도 너무나 좋아해. 위에 적은 음식은 도둑이 훔쳐가지 못하도록 재빨리 먹어 치워야 하는

반면에 쿠키는 한껏 가지고 놀다가 먹을 수 있거든. 나는 그걸 앞발로 이리저리 차기도 하고 이빨로 물어서 공중에 던지기도 해. 그리고 눈 꼬리로 살짝 살피다가 아무도 예상조차 못하는 순간에 덥석 달려들어. 데니는 그걸 보고 나중에 내가 스스로 쿠키를 잡아야 할 경우에 대비한 좋은 훈련이라고 말했어.

나는 딱딱한 개 사료를 싫어해. 개 사료 회사는 우리 같은 개들이 아주 좋아할 만한 먹이를 개발하기 위해 매년 수많은 돈을 쓰는데도 나는 언제든 길바닥에 나가면 그보다 맛있는 음식을 열 개는 찾을 수 있어. 데니는 내가 한 포대에 10달러짜리 개 사료를 뱉어 내고 길바닥에 납작하게 눌려 햇살에 바삭하게 익은 도마뱀을 맛있게 먹는 걸 좋아해. 그런데 인간은 자연식품이 훨씬 좋다는 사실을 모르는 것 같아. 길바닥에 아무리 맛있는 음식이 널려 있어도 나는 지금까지 카트리나나 데니가 그걸 먹는 걸 본 적이 한 번도 없거든.

세상에서 내가 제일 좋아하는 놀이 가운데 하나는 데니랑 레슬링을 하는 거야. 우리 둘이 소파에 올라가서 데니가 나를 뒤로 밀치면 나는 데니한테 발길질을 하며 손가락을 물기 시작해. 그럴 때마다 카트리나는 데니한테 나랑 레슬 링하지 말라고 해. 사실은 주도권을 다투는 싸움인데 내가 항상 이긴다면서 말이야.

인간들은 정말 독특한 특성을 가지고 있어. 우리 개들이 무슨 행동을 하면 언제나 '진짜' 이유를 찾는 거야. 내 말을 믿어. 우리가 커튼을 물어뜯는 건 따분해서가 아니라 커튼 이 이리저리 흔들리는 게 재미있기 때문이야. 우리가 깔개 에다 응가를 하는 건 인간한테 화가 나서가 아니라 갑자기 응가가 급할 때 그곳이 가장 편하기 때문이야. 그리고 데니 랑 레슬링을 하는 이유 역시 뭘 증명하려는 게 아니라 그냥 재미있기 때문일 때가 많아.

물론 대장을 가리려고 그럴 때가 훨씬 더 많지만 말이야.

가끔 나는 데니나 카트리나랑 소파에 엎드려서 TV를 봐. 그런데 두 사람은 서로 좋아하는 프로그램이 달라. 데니는 남자들이 공을 쫓아서 이리저리 달리다가 서로 부닥치는 걸 좋아해. 내가 보기에 그들도 강아지 축구를 하는 것 같지만 그리 훌륭한 편은 아니야. 인간은 절대로 빨리 딜릴 수 없어. 다리가 두 개밖에 없기 때문이야. 그리고 공을 이빨로 무는 대신 팔로 껴안는 것 자체가 치명적인 약점이야.

반면에 카트리나는 남자랑 여자가 은은한 선율을 배경으로 키스하는 프로그램을 좋아해. 그런데 거기에는 언제나 늙고 못생긴 여자가 나오는데, 머리칼을 뒤로 완전히 넘긴 그 여자는 항상 모든 사람을 괴롭혀. 그 여자한테는 아무도 키스하지 않아.

내가 제일 좋아하는 건 늑대에 대한 프로그램이야. 엄마 늑대가 아기들을 돌보는 장면을 볼 때마다 나는 엄마 클로에랑 지내던 시절이 떠올라. 그래서 나는 너무 좋은 나머지 TV 앞에서 펄쩍펄쩍 뛰고 낑낑거리기 시작해. 늑대들이 머리를 뒤로 젖히고 울면 나도 그렇게 하고. 처음에는 그럴 때마다 카트리나랑 데니가 배꼽을 잡고 웃었는데 나는 그 이유를 아직도 모르겠어. 하지만 나중에는 카트리나가 그 방법을 배워서 나랑 똑같이 하려고 애쓰더라고. 소리는 그리 좋은 편이 아니지만 노력하는 자세가 괜찮아. 그래서 우리 둘이 소리를 지르면 데니는 밖으로 나가. 무서워서 그러는 것 같아.

나는 옆집 강아지랑 사랑에 빠졌어. 발리라고 하는 강아지야. 발리는 버니즈 마운틴 도그종이고, 체중이 90킬로그램이나 나가는데 아직도 자라는 중이야. 정말 대단해. 나는 발리를 처음 보았을 때 털을 붙인 자동차라고 생각했어. 그런데 데니와 카트리나가 발리의 얼굴 여기저기에 키스할 수 있도록 나를 들어 올려 주었어. 하지만 발리가 빙그레 웃으며 입을 벌리는 순간, 나는 그 커다란 구멍에 떨어질 것 같아서 너무 무서웠어.

그 이후 발리는 바닥에 납작하게 엎드리는 방법을 배워서 나 혼자서도 옆으로 다가가 키스할 수 있게 되었어. 하지만 나는 여전히 조심스러워. 한번은 발리가 나를 반긴다고 앞발을 들어서 내가 뒤로 나뒹굴기도 했거든. 발리는 힘이 아주 세서 발리네 인간들은 발리한테 바퀴 달린 상자를 매달아서 아이들을 태우고 끌게 하기도 해. 나도 발리가 끄는 상자를 타고 우리가 결혼할 식장으로 갔으면 좋겠어. 사람들은 내가 같은 종과 결혼해야 한다고 계속 말하는데, 그건 우리 사랑이 강아지들이나 하는 풋사랑이 아니라는 사실을 모르기 때문이야. 어쨌든 지금 당장은 데니랑 카트리나가 나를 열심히 감시하고 있어. 내가 남자애랑 있는 걸 그늘이 불안하게 여기는 것 같다는 생각이 가끔씩 들어.

내가 데니랑 카트리나랑 살기 시작하고 두 달 정도가 지 난 다음에 두 사람은 나를 데리고 샤론네 집으로 놀러갔어. 두 사람은 내가 가족을 다시 만나면 집으로 돌아가지 않으 려 할까 봐 약간 걱정했던 것 같아. 엄마 클로에는 나를 보 고 너무나 좋아하며 키스 세례를 퍼부었어. 하이디랑 헌터 는 없었어. 그들도 각자 새집으로 간 것 같아. 고양이는 예 전보다 훨씬 흉측한 몰골이었고 세실리 언니는 너무나 반가 운 나머지 내 옆을 떠나지 않고 계속 나랑 놀려고 했어.

문제는 찌뿌듯한 표정의 엠마 언니였어. 내가 떠난 이후 엠마는 진짜 마녀가 되었나 봐. 내가 돌아와서 관심을 독차 지하는 것 자체가 마음에 안 드는 것 같았어. 카트리나가 좋 아하는 TV 프로그램에 나오는 잔인한 여자들이랑 똑같이 행동하더라고. 그래서 나한테 으르렁대는 걸 보고 엄마 클 로에가 달려들어 예의를 지키라고 말했어. 나중에 내가 훨 씬 크면 엠마를 찾아가서 톡톡히 따져 보아야 할 것 같아.

샤론은 나를 계속 껴안으면서 정말 아름다운 아가씨가 되었다고 수없이 말했지. 나도 그 사실을 충분히 알고 있지만 샤론이 그런 찬사를 늘어놓는다 해서 나쁠 건 없었어. 엠마가 더 화를 내는 것 같아서 기분도 좋았고.

그렇게 한 시간이 지나고 이제 떠날 시간이 되었어. 나는 샤론이랑 엄마랑 세실리한테 작별 키스를 하고 고양이랑 엠마한테는 개가 새를 쳐다보듯 했어. (곁눈질로 상대를 쳐다보면서 꼬리를 살짝 곧추세우는 거야.) 데니랑 카트리나가 우려한 것과 달리 나는 기꺼이 따라나섰어. 그 집은 주도권 다툼이 너무 치열하거든. 나는 여왕으로 당당하게 지낼 수 있는 우리 집이 훨씬 좋아.

그때는 어둠의 세력이 나한테서 모든 권능을 앗아갈 음모를 꾸미고 있다는 사실을 까마득히 모르고 있을 때였지.

다섯

초등 교육

지금 돌이켜보면 당시에 내가 이유 없는 반항에 열중하느라 데니와 카트리나를 한계까지 몰아붙였다는 사실을 인정하지 않을 수 없어. 그때 나는 두 사람이 나를 쓰다듬으려고 할 때마다 손가락을 물었어. 두 사람이 주는 음식에는 관심조차 보이지 않았어. 그들이 먹는 음식만 먹으려고 했지. 두 사람이 불러도 가만히 앉아서 물끄러미 쳐다보기만 했어. 데리고 나가기 위해 목줄을 매려고 하면 나는 반대쪽으로 재빨리 도망가서 숨었어. 볼일도 깨끗하고 상큼한 양탄자에서 해결하는 걸 훨씬 좋아했어. 바깥의 축축하고 더러운 풀밭이 싫었거든.

한마디로 말해서 말 안 듣고 말썽 부리는 데 누구보다 앞장서고 있었던 거야.

그럴 때마다 데니는 카트리나한테 이렇게 말했어.

"80킬로그램이나 나가는 성인 남자이자 수천 년에 걸친 인류의 지혜를 깨우친 내가 1.5킬로그램밖에 안 나가는 4개월짜리 강아지 한 마리 다룰 수 없다는 게 말이 돼?"

그러면 데니가 원하든 원하지 않든 모든 답을 척척 내놓곤 하던 카트리나조차도 멍청한 표정을 짓곤 했어.

두 사람은 개를 기르고 훈련시키는 내용의 책 수십 권을 집으로 가져오기 시작했어. 그런 책을 누가 썼는지는 모르지만 내가 옆에 있었다면 아마 그들도 몇 시간 만에 작가가 되는 꿈을 포기하고 말았을 거야. 두 사람은 내가 나쁜 짓이라도 저지르면 플라스틱 상자에 넣어서 내 눈을 똑바로 쳐다보며 엄한 목소리로 야단치고, 두 사람이 바라거나 무시하거나 유혹하거나 소리치는 대로 내가 기꺼이 따르는 척하면 상을 주었어. 하지만 이런 시도는 해 봤자야. 나한테는 머리를 옆으로 기울인 채 쓸쓸한 표정으로 '왜 이렇게 못되게 구는 거예요?' 하면서 아주 애절하게 낑낑거리는 연습을 할 기회일 뿐이니까.

하루는 내가 숨어 있을 때 카트리나가 전화기를 들고 '트레이너'에 대한 이야기를 하기 시작하는 거야. 뭔가 재미있을 것 같았어. 나는 무엇이든 새로운 걸 좋아하거든. 그날 저녁에 카트리나는 나를 무릎에 올려놓고 내가 카트리나의 손가락을 잘근잘근 물어뜯는 동안 이렇게 말했어.

"주느비에브, 내일 주디가 우리 집에 와서 너한테 착한 개가 되는 법을 가르쳐 줄 거야."

이야, 정말 재미있겠어! 나를 다룰 수 있다고 생각하는 인간이 또 있네. 맘껏 오라고 해.

나는 벅찬 기대감 때문에 그날 밤 잠을 이룰 수가 없었어. 그래서 계속 짖어 대고 낑낑거려서 카트리나랑 데니까지 못 자게 만들었지.

다음 날 오후 늦은 시간에 현관 벨이 울렸어. 나는 평소보다 커다랗게 고함을 질러 대며 맘껏 짖었어. 주디라는 여자가 집에 들어오기도 전부터 겁에 질리도록 만들고 싶었거든. 어쨌든 데니가 문을 열어 줘서 주디가 들어왔어. 주디는 덩치가 컸어. 카트리나보다 훨씬 컸어. 데니보다도 컸어. 나는 주디의 다리로 여러 차례 달려들어서 신발을 물어

뜯었어. 겁을 주긴 하되 너무 심하지 않아야 해. 본때를 보여 주기도 전에 도망치면 안 되잖아. 그런데 주디의 몸에서 다양한 개 냄새가 나는 거야. 저먼 셰퍼드, 차이니즈 크레스티드, 푸들, 심지어 내가 모르는 개도 있었어. 그들 모두가 아직 주디한테 본때를 보여 주지 못한 것 같았어. 그래서 나는 이렇게 소리쳤어.

"걱정하지 마, 친구들, 주느비에브가 여기 있으니까. 우리가 주디를 개 관련 사업에서 완전히 손 떼게 만드는 거야."

주디는 주방 식탁으로 가서 의자에 앉았어. 그리고 들고 왔던 금속 상자 같은 걸 식탁에 올려놓았어. 나는 그 안에 무엇이 있는지 너무나 궁금했지만 그건 나중으로 미뤘어. 지금 당장은 주디를 겁주는 일에 몰두할 필요가 있었거든.

주디가 나를 불렀어. 나는 열 걸음 떨어진 거리에 앉아서 어이없다는 표정으로 물끄러미 쳐다보았어. 주디가 다시 나를 불렀어. 나는 데니랑 카트리나를 쳐다보았어. 두 사람이 나에 대해 충분히 말해 주지 않은 건가? 아니면 이 여자가 지금 나를 놀리는 건가?

그러더니 주디가 데니랑 카트리나한테 나를 잡아서 목줄을 매라고 말했어. 나는 계속 도망치다가 결국 구석에 몰려 목줄에 매이고 말았어. 나는 온 힘을 다해 저항했어. 최대한 시끄럽게 굴어서 주디한테 내가 누구인지 똑똑히 보여 주고 싶었어.

데니는 목줄을 주디한테 넘겨주었어. 주디는 나를 부르더니 목줄을 당기기 시작했어. 내 조그만 엉덩이가 양탄자에 쓸려서 따가웠어! 그러더니 주디가 나를 들어 올렸어. '됐어, 어서 와, 주디.' 나는 주디의 두 손을 열심히 물어뜯기 시작했어. 주디한테 '고통'이라는 친구를 소개해 줄 생각이었지.

잠깐만. 손에서 이상한 맛이 나. 으아아악! 냄새가 너무 지독해. 지금 당장 토하고 싶어. 이 여자가 손에 대체 뭘 바른 거야? 이렇게 구역질 나는 손은 다른 친구한테 맡겨야겠어. 나는 여기에 끼고 싶지 않아. 계획을 바꿀 때야. 나는 네발을 휘두르며 마구 할퀴기 시작했어. 그런데 주디가 도저히 믿을 수 없는 행동을 했어. 나를 움켜잡고 공중으로 들어 올려서 네 다리가 밑으로 축 처지게 만든 거야. 이 미치

광이가 지금 나를 바닥에 떨어뜨리려고 이러는 건가?

　나는 카트리나랑 데니를 쳐다보았어. 두 사람도 나만큼이나 공포에 질린 표정이었어. '이봐, 친구들, 어서 와서 터미네이터한테 잡힌 나를 구해 줘!' 하지만 두 사람은 꼼짝도 안 했어.

　나는 저항을 멈췄어. 계속 몸부림을 치다가 밑으로 떨어질까 두려웠거든. 강아지용 낙하산이 있는지는 모르겠지만 이번 일이 끝나는 즉시 하나 장만해야 할 것 같았어. 그런데 주디가 나를 무릎에 내려놓더니 쓰다듬으려고 하는 거야. '실수하는 거야, 아가씨. 이거나 먹어. 걱정하지 마, 심한 흉터가 생기진 않을 테니까.'

　어어, 내 몸이 다시 공중으로 올라가는 거야. 이번에는 나를 진짜 떨어뜨릴 것 같았어. '데니, 카트리나……, 살려 줘!'

　'알았어, 알았어, 내가 착하게 굴게.' 주디가 나를 다시 무릎에 앉히고 쓰다듬기 시작했어. 나는 소름이 돋았지만 그래도 가만히 있어야 주디가 떠날 것 같았어. 주디가 나를 카펫에 내려놓고 오라고 불렀어. '알았어, 알았어, 너하테

갈 테니까 어서 사라지기나 해, 부탁이야!'

이윽고 주디가 나를 다시 들어 올려서 (지금 생각해도 온몸
이 덜덜 떨려) 껴안더니 뺨을 내 얼굴에 댔어. 이건 정말 너무
심했어. 그래서 나는 야생마처럼 온 힘을 다해서 발길질을
시작했어. 철퍼덕! 주디가 나를 두 손으로 꽉 잡았어. 너무
강하게 잡아서 꿈쩍도 할 수가 없었어. 고정쇠로 온몸을 누
르는 것 같았어. 저항해도 소용이 없었어. 결국 나는 축 늘
어지고 말았지.

'뭐든 당신 하고 싶은 대로 해, 키스하든 꼭 껴안든. 어
서 끝내고 사라지기나 해.'

나는 데니를 쳐다보았어. 데니의 얼굴에는 놀라운 표정
이 가득했어.

"믿을 수 없어요, 주디. 모든 방법을 동원해도 안 됐는데
당신이 나타나고 불과 2분 만에 주느비에브가 완전히 변했
어요."

'그래 맞아, 데니. 당신은 손에서 썩은 새우 냄새도 안
나고 (나는 새우가 정말 싫어!) 연약한 내 몸을 우주왕복선처럼
들었다 놨다 하지도 않고 사랑에 목마른 왕뱀처럼 온몸을

옥죄지도 않잖아.'

그러자 주디는 나를 완전히 지배하게 되었다는 사실을 마음껏 뽐내며 자랑하기 시작했어. 주디가 오라면 가고, 쓰다듬어도 가만히 앉아 있고, 나를 껴안고 귀 뒤를 긁고, 몸을 뒤집어서 배를 긁어도 내가 그 품에 가만히 안겨 있는 걸 보고 데니랑 카트리나는 말문이 막혔어.

마침내 무시무시한 주디가 나를 바닥에 내려 주었어. 나는 재빨리 도망쳐서 베개에 엎드린 채 지금 막 겪은 충격에서 벗어나려고 애썼어. 하지만 무시무시한 괴물한테서 한쪽 눈을 뗄 수가 없었어. 데니랑 카트리나를 공중으로 대롱대롱 들어 올릴지도 모르잖아.

이윽고 주디가 금속 상자를 열어서 '콜로신스'라고 하는 물질이 들어 있는 플라스틱 병을 하나 꺼냈어. 나는 머리를 곧추세웠어. 나한테 줄 맛있는 음식일 수도 있으니까. 데니가 그걸 손에 뿌리더니 나를 쓰다듬기 위해 다가왔어. 아니, 내가 훈족의 그 잔인한 아틸라 왕한테 무릎을 꿇었다고 해서, 데니까지 날 쓰다듬는 모욕을 가만히 누워서 참을 거라고 생각했단 말이야? 나는 평소와 마찬가지로 데니의 손가락을 공격했어.

'잠깐만! 기다려. 잠깐만 기다려! 안 돼, 안 돼, 안 돼!'

데니의 손에서도 프랑켄슈타인 손이랑 똑같은 맛이 나는 거야. 그 플라스틱 병에 들어 있는 물질 때문이다! 그런데 이번에는 카트리나가 그 병을 찬장에 올려놓지 뭐야! '아, 맙소사. 저들이 저걸 집에 두려는 거야! 아무나 어서 이건 악몽일 뿐이라고 말해 주세요!'

고질라는 마침내 떠났어. 하지만 그 피해는 돌이킬 수 없었어. 데니와 카트리나 모두 썩은 새우 손으로 변했어. 그리고 이제 내 목에 항상 줄을 매어 놓아서 마음이 내키면 아무 때나 나를 끌어낼 수 있게 되었어. 카트리나는 나를 들다가 내가 발길질을 하는 순간 공중에 대롱대롱 들어 올렸어.

나는 완전히 축 늘어진 강아지가 되고 말았어. 불과 몇 시간 전에 잠에서 깨어날 때만 해도 자유 세계의 지도자였는데 이제 마음대로 할 수 있는 건 하나도 없고, 이제는, 이제는……. 아, 입에 담는 것만으로도 소름이 돋는 '착한 개'가 되어 버렸어.

내 생애를 통틀어 이 날이 최악의 날이라는 사실은 의심할 여지가 없어.

〰

몇 달이 흐르면서 나는 무너진 권위에 적응했어. 데니와 카트리나가 언제 구역질 나는 손을 하고 있을지 몰라서 나는 그들의 손가락을 거의 건들지 않았어. 게다가 내 목에 목줄이 하루 종일 매여 있는데, 그건 그들이 원하면 언제든 나를 끌어낼 수 있다는 뜻이기 때문에 나는 그들이 부를 때마다 마지못해 응하는 굴욕을 참아야 했어.

두 사람은 내가 그들이 말하는 '사고'를 치지 않도록 몇 시간에 한 번씩 나를 데리고 밖에 나갔어. 내가 그런 사고를 칠 때마다 두 사람이 그렇게 안달복달하는 이유를 나는 이해할 수가 없었어. 데니와 카트리나는 항상 집 안에서 '사고'를 치거든. 그들이 조그만 방으로 들어갈 때마다 문을 박박 긁고 발로 차서 결국 안으로 들어가 보면 그 안에서 '사고'를 치고 있더라고. 그 모습을 내 눈으로 수없이 보았기 때문에 잘 알고 있어. 두 사람은 개한테 가장 중요한 기본 원칙 가운데 하나를 모르는 것 같아. 인간은 어떤 상황에서든 개를 밖에 두고 문을 닫으면 안 된다는 거야. 인간이 샌드위치를 몰래 만들거나 다른 개를 데려와서 놀거나 우리만 빼고 낮잠을 자지 않는다는 걸 항상 확인할 수 있어야 하거든.

하루는 현관문 옆 유리창을 내다보고 있는데 풍경이 너무나 아름다운 거야. 햇살은 밝게 빛나고 산들바람은 녹색 풀을 이리저리 흔들고, 나는 쉬야를 할 완벽한 장소를 발견했어. 나는 더 생각하지 않고 멍멍 짖었어. 데니가 재빨리 다가와서 현관 앞에 서 있는 나를 발견했어. 그리고 민망할 정도로 좋아하며 물었어.

"밖으로 나갈 일이 생겼니, 주느비에브?"

데니는 내 목줄을 잡았고 우리는 밖으로 나갔어. 나는 완벽한 장소로 달려가서 웅크려 앉았어.

"정말 잘하고 있어, 주느비에브, 정말 잘하고 있어!"

우리가 안에 들어오자마자 데니는 전화기로 달려가서 카트리나한테 알려 주었어. 데니가 하는 말을 전부 알아들을 순 없었지만 "그 애가 해냈어, 그 애가 해냈어." 하는 말은 확실히 들었어.

으으으음. 내가 이번에 아주 대단한 일을 한 게 분명해.

나는 현관으로 다시 달려가서 멍멍 짖었어.

데니가 전화기를 내려놓고 나한테 달려왔어.

"또 쉬야 하러 가는 거야, 우리 착한 아가?"

그리고 우리는 밖으로 나왔어. 데니가 플로리다의 뜨거운 햇살에 시달리며 땀을 흘리는 동안 나는 햇살을 즐기며 10분 동안 이리저리 돌아다녔어. 그리고 데니는 마침내 기권한 표정으로 나를 안으로 데려갔어.

몇 분 후에 나는 다시 멍멍 짖었어. 이번에는 데니가 짜증이 난 것 같았어.

"주느비에브, 벌써 두 번이나 나갔다 왔잖아. 이제 쉬야 하러 가지 않아도 돼."

나는 구슬프게 낑낑거렸고 우리는 다시 나갔어. 그 순간에 나는 두 사람을 마음대로 부려 먹는 방법을 깨달은 거야. 현관문 앞에서 멍멍 짖고 낑낑거리기만 하면 아무 때나 밖에 나갈 수 있게 된 거지. 볼일을 보려고 그럴 때도 있고 아닐 때도 있지만 두 사람은 내 청을 무시할 처지가 아니었어.

그날 오후에 나는 데니가 15분마다 한 번씩 나를 데리고 밖으로 나가도록 만들었어. 마침내 내가 다시 대장 자리로 돌아온 거야!

∽

그즈음에 카트리나와 데니는 내가 학교에 다녀야 한다는 말을 꺼내기 시작했어. 나는 학교가 뭔지 몰랐지만 괜히 이상한 느낌이 들었어. 하지만 어쩌면 거기에 피자가 있을지 모른다는 기대감도 있었어. 그러던 어느 날 저녁에 카트리나와 데니가 내 목줄을 잡고 이렇게 말하는 거야.

"이리 오렴, 주느비에브, 지금 학교에 가는 거야."

우리는 자동차에 올라탔고 나는 평소처럼 카트리나가 운전하는 걸 도와주었어. 목적지가 어딘지 모르는데도 말이야.

우리는 자갈길로 들어서서 커다란 운동장 옆에 멈췄어. 그리고 그곳 풍경을 바라보는 순간, 나는 좋아서 미칠 것 같았어. 사방에 개가 가득한 거야. 모두가 자기네 인간한테 목줄을 맡긴 채 운동장을 빙글빙글 돌며 걷고 있었어. 커다란 개와 조그만 개, 털이 기다란 개와 털이 짧은 개. 나는 지금까지 살아오면서 한곳에 그렇게 많은 개가 모인 걸 본 적이 없어. 나는 학교가 마음에 들었어!

"어서 내려 주세요, 어서!"

나는 멍멍 짖었어. 데니와 카트리나는 이것저것 챙기느라 아주 오랫동안 꾸물거리더니 마침내 문을 열었고, 나는 카트리나를 질질 끌며 밖으로 나갔어. 마침내 학교에 온 거야!

"서둘러, 서둘러, 서둘러요."

나는 파티에 끼어서 신나게 놀고 싶었어.

하지만 잠깐만……, 뭔가 이상했어. 모두가 너무 조용한 거야. 개들이 서로한테 아무 말도 안 하고 인간들 역시 마찬가지였어. 개들은 모두 아주 이상하게 행동하고 있었어. 각자 자기 반려인간의 발걸음을 얌전하게 뒤따라가는 거야. 풀밭에 코를 대고 킁킁거리거나 구멍을 파거나 이리저리 뛰어다니는 게 아니라 마치 무슨 병에 걸리기라도 한 것처럼 말이야.

카트리나는 나를 운동장 반대편으로 잡아끌었어. 그곳에는 탁자와 의자와 또 다른 인간들이 있었어. '잠깐만. 목소리를 커다랗게 만들어 주는 것처럼 보이는 이상한 물건을 입에 대고 있는 저 덩치 큰 여자가 누구더라? 왠지 낯익은 느낌이 들어. 으으으음. 조금만 더 가까이 가 보자. 맙소사! 안 돼! 제발, 이럴 순 없어!'

저건 주디잖아!

'제기랄, 나를 집에 데려다 줘. 이러지 마. 나는 학교가 싫어!'

나는 주변을 둘러보았어. 운동장가 의자에 앉아 있는 데 니가 보였어. 저 사람은 여기에서 지금 무슨 일이 벌어지는지 모르나? 이제 나를 더 이상 사랑하지 않는단 말야? 개와 인간 모두가 패튼 장군(제2차 세계대전 당시에 미군을 지휘한 장군으로 아주 권위적이며 욕을 잘했다.—옮긴이 주) 앞으로 모여들었어. 좋은 생각이 떠올랐어. 카트리나 다리 뒤에 숨으면 무시무시한 티라노사우루스한테 안 들킬 수도 있잖아.

운동장 건너편에서 주디가 커다랗게 소리쳤어.

"안녕하세요, 카트리나, 이렇게 찾아와 주어서 정말 기뻐요. 괜찮으시다면 주느비에브를 이리 데려오세요. 모두에게 시범을 보이고 싶은 게 있어요."

나는 제대로 숨기도 전에 들키고 말았어. 주디가 나를 보았을 가능성은 없어. 어떤 똥개가 나를 고자질한 게 분명해. 나는 사형장으로 끌려가는 사형수 같은 기분이 들었어. 우리는 앞으로 나갔고 킹콩은 나를 집어서 들어 올렸어. 나는 공중에 대롱대롱 매달린 채 다른 개들을 쳐다보았어. 안타까워하면서도 자신이 공중에 매달리지 않았다는 사실을 아주 다행스럽게 여기는 표정이 또렷했어.

"여러분, 이 아이는 주느비에브, 8개월 된 파피용입니다."

8개월 반이야, 멍청아.

"몇 개월 전에 카트리나가 나한테 전화해서 개인적인 훈련을 부탁했습니다. 남편과 함께 모든 방법을 동원했는데 아무런 소용이 없다고, 주느비에브를 제대로 다룰 수 없다고 생각했기 때문입니다."

그래, 정말 좋은 세월이었지.

"그래서 저는 주느비에브를 훈련시키러 갔습니다. 이 아이가 조그맣다고 얕보지 마세요. 주느비에브는 정말 다루기 힘든 개랍니다."

그래, 그 말은 마음에 드는군.

“하지만 적절한 훈련 기법을 사용한 결과, 카트리나는 이제 이 개가 완전히 변했다고 합니다.”

그래, 썩은 새우 손가락도 물지 않고, 1000킬로미터 상공에서 벌벌 떨고, 누구든 이름을 부르면서 목줄을 질질 잡아끌면 힘없이 다가가니까.

“그래서 이제 저는 이 아이가 복종 훈련을 잘 받을 거라고 확신합니다.”

그래, 나도 인정해. 그러니 이제 나를 내려놓고 국회에나 가서 연설하시라고.

“이제 ‘초크 체인’ 씌우는 법을 알려드리고자 합니다. 어차피 주느비에브가 여기에 있으니, 이 아이를 모델로 하겠습니다.”

그 순간 나는 이 여자한테는 나를 고문할 방법이 수없이 많다는 사실을 알아챘어. 목을 조르는 ‘초크 체인’이라니! ‘훈련용 목줄’이라든가 ‘행동 교정용 목줄’이라든가 ‘복종 연습 도구’처럼 듣기 좋은 표현으로 고문 방식을 숨기려는 약간의 노력조차 하지 않고 말이야.

초크 체인.

주디는 이 물건을 내 머리에 밀어 넣은 다음에 앉으라고 말했어. 나는 모든 대가를 치를 준비가 되어 있었지. 모두가 있는 앞에서 주디한테 창피를 톡톡히 주고 싶었어. 나는 그 자리에 가만히 서서 아름다운 구름만 멀뚱멀뚱 바라보았어. 그때 주디가 목줄을 잡아당겼어. 나는 갑자기 숨 쉰 기억조차 아득히 멀어지는 걸 느끼면서 풀밭에 엉덩방아를 찧었어. 내 엉덩이로 철로에 대못이라도 박을 수 있을 정도로 강한 충격이었어. 무승부란 생각이 들었어. 나는 내 의지를 드러냈고 주디 역시 자신의 의지를 드러냈으니까 말이야.

그 후 두 달 동안 나는 일주일에 한 번씩 학교에 가야 했어. 그래서 앉기와 서기, 엎드리기, 가만히 있기, 가까이 가기, 뒤따라가기 같은 걸 공부했어. 최종 시험을 치를 즈음이 되자 나는 모든 동작을 완벽하게 해낼 수 있었어. 문제는 시키는 대로 하고 싶지 않을 때가 많았다는 거지. 최종 시험을 치를 때는 더더욱 그랬어. 뒤따라가기를 할 때는 목줄에 질질 끌려갔고, 카트리나가 세 번이나 말할 때까지 앉지 않았고, 3분 동안 엎드려 있는 대신 30초 만에 벌떡 일어났어. 몸이 가려워서 벅벅 긁고 싶었거든.

불쌍한 카트리나는 초조해서 어쩔 줄 몰랐지. 내가 엉망으로 할 때마다 금방이라도 눈물을 터트릴 것처럼 보였어. 그런데 데니는 의자에 앉아서 빙그레 웃는 거야. 내가 강한 독립심을 드러내는 걸 데니가 좋아한다는 느낌이 들 정도였다니까.

모든 개가 시험을 마친 다음에는 우리 모두 졸업식을 하기 위해 길게 늘어섰어. 누가 시험에 합격하고 누가 떨어졌는지 아무도 몰랐지. 개 학생의 이름이 불리기 시작했고 그럴 때마다 하나씩 나가서 졸업장을 받았어. 마침내 내 이름이 나오자 카트리나는 환하게 웃었어. 나를 아주 자랑스러워하는 표정이었어. 마침내 우리 모두는 졸업장을 받았고 서로 키스하며 축하했어.

우리가 떠나기 전에 카트리나는 나를 주디한테 데려가서 감사의 뜻을 전하도록 했어. 주디는 내 머리를 쓰다듬으면서 아주 잘했다고, 계속 노력하라고 격려했어. 나는 꼬리를 살짝 흔들었어. 나쁜 감정이 없다는 걸 보여 준 거야. 물론 진심은 아니었지만 어차피 주디를 살려 두기로 마음먹은 다음이었거든.

학교는 파하고 공식 교육은 끝났어. 조금이라도 자존심 있는 개라면 그런 곳에 안 가는 편이 좋아. 그곳은 인간이 우리를 마음대로 다루는 방법을 배우는 곳이기 때문이야. 개를 위한 진정한 교육은 우리가 인간을 마음대로 다루는 법을 깨닫는 순간에 비로소 시작되는 거야. 나는 이것을 일생일대의 목표로 삼고 살아왔으며 (전혀 잘난 체하는 거 아니지만) 탁월한 실력을 쌓았어. 여러분도 그 비법을 알고 싶지 않아?

앉아.

가만히 있어.

계속 읽어.

개와 운전사

데니랑 카트리나가 나를 집으로 처음 데리고 올 때만 해도 나는 자동차 타는 걸 싫어했어. 누가 무슨 말을 해도 신경 쓰지 않았어. 움직이는 방은 도저히 미덥지가 않잖아. 게다가 고속도로에 들어서면 사람들을 가둔 채 움직이는 다른 수많은 방이랑 경쟁까지 해야 하고. 아마 그 사람들 모두가 텔레비전을 보거나 저녁식사를 하고 있는데 갑자기 방이 움직이기 시작한 것 같아. 그런데도 그들이 나처럼 비명을 질러 대지 않는 이유를 나는 결코 이해할 수가 없었어.

하지만 자동차는 집 안 전체에서 그런 식으로 움직이도록 만든 유일한 방이고, 데니나 카트리나가 그 안에 앉아서 몇 초 동안 손을 왔다 갔다 해야 움직이는 것 같다는 사실을 깨닫기 시작했어. 그러면서 자동차 타기에 익숙해지더니, 나중에는 조금씩 즐기게 되었어.

강아지 친구들 대부분은 자동차 타기를 싫어해. 내가 예전에 그랬던 것처럼 말이야. 그래서 우리 친구들 모두가 자동차 여행을 순수하게 즐길 수 있도록 몇 가지 정보를 알려줄게. 고속도로를 혼자 열심히 뛰어가는 것보다 자동차를 타고 가는 편이 훨씬 안전하다는 사실을 마음에 새기는 것도 도움이 돼. 도로에 널려 있는 다람쥐나 너구리 같은 불쌍한 동물들도 자동차를 타고 갔다면 그렇게 납작해지지 않았을 거야.

그럼 기초부터 살펴보자고.

1. 가장 중요한 건 언제나 운전사 무릎에 앉아야 한다는 사실이야. 그러기 위해서는 자동차 문이 열리는 순간에 운전석으로 뛰어올라 가만히 엎드려야 해. 그러면 운전사는 고개를 숙여 우리를 들어올리기 전에는 자동차에 탈 수가 없어. 그리고 운전석에 앉은 다음에 우리를 무릎에 자연스럽게 올려놓게 되는 거야. 다른 탑승객들이 우리를 사기네

무릎에 앉히려고 할 수도 있는데, 그들한테는 조금도 신경 쓰지 마. 탑승객은 아무런 자격도 없어. 운전석에 앉는 특권은 우리와 운전사만이 누릴 수 있으니까 그걸 충분히 활용하도록 해.

2. 신호를 받고 멈추었을 때는 창문 밖을 내다보고 옆 자동차에 있는 사람들의 관심을 끌도록 노력하는 게 좋아. 그들이 우리를 쳐다보면 아주 좋아하는 척해. 그러면 상대 운전사들은 그걸 보고 정말 귀엽다고 칭찬하느라 정신이 팔려서 신호가 바뀌는 걸 모르기 때문에 우리가 한발 먼저 출발할 수 있어. 약간 나이 든 할머니들은 이런 속임수에 금방 넘어가니까 대충 해도 충분해.

3. 깜빡이 소리를 알아채는 건 자동차를 탈 때 아주 중요해. 그 소리는 운전사가 운전대를 돌리도록 우리가 도와주어야 한다는 신호야. 그럴 때는 뒷다리를 운전사 무릎에 단단히 디디고 일어나서 두 앞발을 운전대에 올려 놔. 그리고 운전대가 균형을 잃지 않고 돌아가도록 앞발을 자

연스럽게 움직이는 법을 배워야 해. 이런 자세는 운전사의 시야를 가릴 가능성이 많으니까 자동차가 제 방향으로 가도록 운전대에 적절한 힘을 가하는 게 아주 중요해.

4. 운전사가 차를 세우고 다른 사람이랑 얘기하려고 창문을 열면 우리는 상대를 죽일 기세로 무섭게 굴어야 해. 상대가 우리 쪽 운전사한테 돈을 빼앗으려는 경우가 대부분이고 그러면 우리한테 쓸 돈이 그만큼 줄어들기 때문이야. 이번 일 때문에 굉장히 화가 났으니 두 번 다시 이런 일이 일어나지 않도록 하라는 의사를 아주 또렷하게 전달하는 게 중요해.

내가 한 가지 사례를 알려 주겠어. 한번은 장거리 여행 중이었는데 나는 운전하다가 지쳐서 데니의 무릎 위에서 몸을 웅크린 채 데니한테 운전을 맡겼어. 그런데 갑자기 데니가 욕설을 내뱉으면서 자동차를 세우는 거야. 나는 벌떡 일어나서 무슨 일인가 살폈어. 창문이 열리고 잔인해 보이는 사내 하나가 은빛 선글라스를 쓴 채 다가오는 거야. 멍청한 잿빛 제복을 입고 허리춤에 쇠막대를 매단 악낭이있이.

나는 그 사람한테 어서 꺼지라고 무섭게 짖어 대기 시작했어. 그러자 그 사내는 주춤했고 데니는 창문 너머로 종이를 건네주려 했어. 악당이 종이를 가져가려 할 때 나는 너무 화가 나서 금방이라도 창문 밖으로 뛰쳐나갈 듯이 달려들었어.

악당이 뒤로 더 물러나더니 데니한테 뭐라고 말했어. 카트리나가 나를 잡았고 데니는 밖으로 나갔어. 나는 뒷창문으로 가서 데니한테 말하는 악당을 노려보았어. 그리고 미친 듯이 짖어 댔어. 저 멍청한 악당이 나타나기 전까지 우리는 즐거운 시간을 보내고 있었다고.

악당과 데니가 나를 쳐다보며 웃었어. 그러더니 악당이 데니한테 종이를 돌려주고 못생긴 자동차에 올라타서 멀리 사라지는 거야. 데니가 돌아와서 나를 꼭 껴안았어. 그러면서 내가 너무 귀여워서 속도위반 딱지를 떼지 않았다고, 내가 '커다란 자산'이라고 말했어. 아주 좋은 의미 같았어.

내가 짖는 원칙에는 예외가 있는데, 자동차를 탄 채 은행 업무를 보는 창구에 들어갈 때가 그래. 여기에는 두 가지 이유가 있어. 하나는 우리의 반려인간이 우리한테 쓸 돈을 찾기 위한 것이니 은행 사람이 제대로 일하도록 놔두는 게 좋기 때문이야. 또 하나는, 착한 개처럼 굴면 은행 사람이 과자를 줄 때가 많기 때문이야. 그러니 인간이 우편이나 컴퓨터나 ATM으로 은행 일을 보지 않도록 하는 게 중요해. 그렇게 되면 과자를 얻어먹을 기회가 그만큼 줄어드니 말이야.

5. 자동차를 타고 갈 때는 인간과 함께 인도를 걸어가는 개들이 보일 때마다 마음껏 깔보도록 해. 옆을 지날 때 사이렌처럼 커다랗게 정신없이 짖어 대는 게 가장 좋은 방법이야. 하지만 다른 자동차를 타고 가는 개들에게 어떻게 할지는 여러분 스스로 판단해. 단, 우리와 달리 조수석에 앉아 있거나 바보처럼 뒷좌석에 앉아 있다면 그들한테 고함을 질러 대는 게 절대적으로 옳아.

하지만 픽업트럭 짐칸에 탄 개가 보이면 다른 쪽을 쳐다보는 편이 좋을 거야. 무엇보다도 우리는 자동차 운전을 도와주고 있는데 자신은 짐칸에 실려 가고 있으니, 그 개는 아마 기분이 최악일 거야. 게다가 그런 개는 우리보다 덩치가 크고 힘이 아주 셀 가능성이 많으니, 자동차를 타고 지나가면서 마음껏 놀리면 나중에 길에서 마주쳤을 때 봉변을 당할 수도 있어. 하지만 픽업트럭에 다른 지역 번호판이 달려 있고, 그래서 두 번 다시 마주치지 않을 거란 확신이 들 때는 옆을 지나면서 마음껏 놀리는 재미가 정말 대단해. 인간이 창문을 열어 머리를 내밀 수 있게 해 준다면 대박이 터질 수도 있어.

6. 아주 끔찍한 사고를 당해 반으로 갈라져서 바퀴도 두 개밖에 없는 자동차를 몰고 다니는 인간이 가끔 보일 거야. 이런 차는 지붕도 사라지고 없어. 게다가 소리가 아주 시끄럽고 150킬로그램의 덩치에 턱수염이 더부룩한 '형씨'라는 사람이 운전하는 경우가 많아. 이런 '형씨' 한테는 절대로 짖지 마.

바퀴가 두 개 달린 자동차 가운데 일부는 아무 소리도 안 나는데, 그런 차를 운전하는 사람은 두 발을 우스꽝스럽게 움직여야 해. 이런 자동차는 '바이크 라이더'라고 하는 깡마른 사람이 주로 타고 다녀. '라이더'가 지나가면 마음껏 고함을 지르며 놀려. 가만히 기다리다가 자동차 바로 옆을 지나는 순간에 커다랗게 짖으면 반쪽짜리 자동차가 기우뚱 거리다가 쓰러질 수도 있어. 이건 우리가 할 수 있는 가장 재미있는 놀이 가운데 하나라고 할 수 있지.

7. 도로에서 만날 가능성이 가장 많으면서 골치 아픈 것 가운데 하나는 다른 운전사 어깨 위에 웅크리고 있는 고양이야. 무엇보다 고양이가 운전에 눈꼽만큼도 소질이 없다는 건 아주 잘 알려진 사실이야. 그래서 고양이가 운전석에 앉는 건 근처에 있는 다른 모든 자동차를 위험하게 만들 수 있어. 둘째, 고양이를 키운다는 것 자체가 그 인간 운전사가 완전히 미쳤다는 증거야. 따라서 그런 장면이 보이면 위험이 멀리 사라질 때까지 인간한테 차를 도로변에 세워 놓도록 해야 돼.

8. 자동차 안에서 절대 하지 말아야 할 건 토하는 거야. 인간은 이런 걸 아주 싫어하는 것 같아. 어쩔 수 없을 때는 이런 방법을 쓰도록 해. 토한 게 안 보이도록 좌석 사이를 겨냥하는 거야. 그러면 대대적으로 청소할 필요가 없어

서 아마 인간들도 좋아할 거야.

이런 간단한 원칙만 따르면 우리도 인간이 모는 자동차를 충분히 즐길 수 있어.

일곱

나를 짜증 나게 만드는 것들

여러분은 믿기 어렵겠지만 나는 대체로 성격이 명랑하고 느긋한 아가씨야. 그런데 가끔 나를 정말 화나게 만드는 일이 생겨.

예를 들어, 꿈속에서 아주 중요한 걸 탐구하고 있을 때 툭하면 울리는 현관 벨 소리가 그래. 물론 나는 우리 가족을 지키기 위해 현관으로 재빨리 달려가서 50그램에 불과한 허파를 최대한 부풀리며 짖어야 해. 자랑은 아니지만 나는 소음 기준을 초과해 직업안전위생관리국(OSHA)에서 벌금을 물린 철강회사에서 나는 것과 맞먹는 커다란 소리를 내지를 수 있어. 비록 내 체중은 3.5킬로그램에 불과하지만, 데니는 세계에서 가장 훌륭한 음향 기술자라도 내 소리와 맞먹는 기계를 만들려면 아마 그 무게가 4톤은 나가야 할 거라는 말도 했어. (나는 이 말이 칭찬이라고 생각해.)

어쨌든 현관 벨 소리가 들려서 내가 공격 준비를 갖추고 현관으로 달려갈 때마다 데니랑 카트리나는 웃기 시작해. 이건 인간이 아주 어리석다는 사실을 보여 주는 또 다른 사례야. 여러분은 네발 달린 우리 동료들이 위험을 앞두고 웃는 걸 본 적이 있어? 아니야, 우리는 눈앞의 위험에 집중해. 물론 나중에 둘러앉아서 곰 같은 상대를 물리친 경험에 대해 즐거운 대화를 나눌 순 있겠지만 지금 당장은 아니라고.

그런데 바로 그 순간에 굴욕적인 말이 들리는 거야.

"주느비에브, 괜찮아. TV에서 난 소리야."

또 당했어. 현관 벨 소리가 나오는 멍청한 광고.

이건 우리 견공들의 에너지를 엄청나게 낭비하는 행위야. 광고에서 현관 벨 소리가 한 번 날 때마다 얼마나 많은 견공들이 하던 일을 멈추고 멍멍 짖으며 현관으로 달려가는지 알아? 으음, 동물을 인도적으로 사랑하는 단체(PETA)에서 연구한 바에 의하면 무려 65만 7,431번에 달해. 전국의 모든 가정에서 한 달 동안 조간신문을 (물론 일요일판는 제외야,

너무 무겁기 때문에 개가 물어 오는 걸 노동법으로 금지시켜야 할 정도거든) 물어 올 수 있는 에너지가 한순간에 낭비되는 거야.

그래서 나는 털북숭이 친구들 모두에게 촉구하는 바야. 워싱턴에 있는 강아지들한테 편지를 보내서 모든 TV 방송에 현관 벨 소리를 금지하도록 요구하자고.

이것 말고도 개털을 곤두서게 만드는 게 또 있어. 도대체 왜 관공서 건물에는 개를 못 들어가게 하는 거야? 몇 주 전에 나는 동네 우체국에서 쫓겨난 적도 있어. 카트리나가 우표를 사야 하는데 나를 뜨거운 자동차에 그냥 둘 수가 없었어. 그래서 나를 품에 안고 우체국에 들어가서 진열된 우표를 살피기 시작했어. 그런데 그곳 직원이 마치 내가 조그만 강아지로 위장한 원자폭탄이라도 되는 것처럼 날카롭게 노려보며 빨리 나가달라고 카트리나를 다그치는 거야.

아, 그래, 알았어……. 우리 강아지들이 전쟁터에서 나라를 위해 싸우거나 거리를 안전하게 유지하도록 경찰을 돕다가 죽는 건 괜찮지만 공공건물에 들어가는 건 안 된다는 거지? 이건 너무 부당해. 국회의원한테 고발하고 말겠어. 허풍이 아니야.

그리고 우리가 레스토랑에 들어가서 우리 집 인간들이랑 고상하게 식사를 할 수 없는 이유는 또 뭐란 말이야? 게다가 보건복지부는 우리가 핫도그 판매대 약 1킬로미터 안에 접근할 수 없도록 하고 있어. 하지만 프랑스라는 나라에서는 달라. 카트리나랑 데니가 알려 주었는데, 두 사람은 나를 데려오기 몇 개월 전에 파리에 있는 고급 레스토랑에서 식사를 한 적이 있대. 그런데 옆 식탁에 푸들이 앉아 있었던 거야. 목에다 턱받이를 하고 접시에 담긴 고급 요리를 완벽하게 즐기고 있었대. 그걸 보고 카트리나랑 데니는 정말 멋있다고 생각했어. 하지만 뼛속까지 프랑스 사람처럼 변한 푸들이 식사를 마치고 담배에 불을 붙여서 자기네 쪽으로 연기를 내뿜는 건 아닌가 약간 걱정스러웠다나. 다행스러운 건 푸들이 그걸 자제했다는 사실이야.

이번에는 내 개털이 머리 꼭대기까지 곤두서게 만드는 일 하나를 알려 줄게. 데니는 가끔씩 나를 속여서 놀려 먹는 걸 좋아해. 예를 들어, 데니는 게을러서 세탁물을 바구니에 넣지 않고 두 팔에 안고 다녀. 나는 그 모습을 보면 언제나 뒤를 따라다니지. 데니가 최소한 양말 한 짝은 항상 떨어뜨

리거든. 그러면 나는 그걸 물고 도망치고 데니는 내 뒤를 쫓
아다녀야 해. 물론 장난감 상자에 데니랑 카트리나가 준 낡
은 양말 몇 짝이 있긴 하지만 그건 하나도 재미가 없어. 개
라면 누구나 그런 것처럼 나 역시 장난감을 좋아하긴 해도
물건 훔치는 게 훨씬 더 재미있거든.

그런데 하루는 데니가 또 세탁물을 들고 가다가 평소처
럼 양말 한 짝을 떨어뜨리는 거야. 하지만 나는 가만히 쳐다
보기만 했어. 뭔가 수상한 냄새가 났거든. 내 생각이 맞았
어. 데니가 장난감 상자에 있던 낡은 양말 하나를 일부러 떨
어뜨려서 내가 그걸 물고 도망치게 만들려고 한 거야. 그런
행동이 얼마나 모욕적인지 알았다면 데니도 결코 그런 짓을
저지르지 않았을 텐데. 나는 지금까지 데니한테 속은 적이
없고 앞으로도 그럴 거야. 물론 그 다음부터는 데니가 떨어
뜨린 깨끗한 양말을 물고 도망치는 놀이가 훨씬 더 재미있
어졌어.

정말 짜증 나는 또 다른 일 하나는……, 산책을 나가서
내가 바닥에 코를 대고 킁킁거릴 때 말이야. 왜 그러는 거
같아? 그건 내가 아주 재미있는 이야기를 읽고 있다는 뜻이

야. 정말이야. 그래서 누가 무엇을 언제 어디에서 왜 그랬
는지를 알아내고 있는 거야. 그러다가 드디어 마지막 장면
으로 치닫는 순간에, 카트리나나 데니가 목줄을 잡아당겨서
집으로 끌고 가는 거야. 그러면 나는 다음 산책을 나갈 때까
지 그 이야기의 결말을 알 수 없게 돼. 그 사이에 비라도 오
면 결말이 뭔지 영원히 모르게 되고. 내가 개라는 이유 하나
때문에 정말 이런 것까지 참아야 하는 거야?

그래서 나는 두 사람한테도 똑같이 하기 시작했어. 데니
가 TV로 강아지 축구를 하는 인간들을 구경하는 걸 가만히
지켜보다가, 데니가 소파 앞쪽으로 몸을 바싹 당겨 앉는 순
간에 나는 현관으로 달려가서 낑낑거리는 거지. 물론 데니
는 못 들은 척해. 그러면 나는 몸을 살짝 웅크리고 두 귀를
바싹 내려. 그러면 데니가 냉큼 달려와, 강아지처럼. 그렇
게 해서 둘이 바깥에 나가면 나는 최대한 오랫동안 볼일을
보는 거야. 그리고 나면 데니가 나를 질질 끌며 집으로 뛰어
가. 내가 시간을 제대로 맞추었을 경우 데니가 문을 여는 순
간에 아나운서가 이렇게 외치는 소리가 들려.

"지금까지 본 것 가운데 가장 놀라운 역전극이었습니

다!"

물론 카트리나가 늘 보는 로맨틱한 드라마 대신 요리 프로그램을 볼 때도 똑같이 해. 요리사가 얼마나 오랫동안 익혀야 할지를 설명할 때가 바로 내가 노리는 순간이야. 한번은 카트리나가 요리 프로그램에서 본 케이크를 구웠는데, 가장 중요한 순간을 내가 못 보게 방해했기 때문에 케이크를 얼마나 오랫동안 구워야 하는지 몰라서 결국 태우고 말았어. 그때 나는 침대 밑에 숨어 있었지. 끔찍한 순간이 다가오는 냄새를 맡았으니까.

하나 더 알려 줄까? 고양이는 정말 짜증 나. 그래서 강아지들은 "고양이들이 왜 있어야 하는 거야?" 하고 묻지. 물론 속 시원한 대답은 없어. 내가 보기에는 하느님이 개를 만들다가 실수한 것 같아.

정말 큰 실수.

여덟

애견 마켓 쇼핑

내가 세상에서 제일 좋아하는 것 가운데 하나는 애견 마켓에 가는 거야. 커다란 주차장으로 들어가는 순간 나는 온몸에 활기가 넘쳐. 데니나 카트리나는 나를 안고 상점으로 들어가. 자동차가 어디에서 올지 모르기 때문이야. 나는 내 힘으로 달려서 상점으로 들어가는 편이 훨씬 좋지만 높은 곳에 안겨서 들어가면 전망이 훤하기 때문에 새로 진열한 물건이 아주 잘 보여.

이상하기 짝이 없는 문으로 들어가면서 (이 문은 우리가 입구에 도착하기도 전에 열려……. 우리가 오는 걸 어떻게 아는지 모르겠어. 냄새를 맡는 건가?) 나는 커다랗게 울부짖어서 내가 왔다는 사실을 선포하곤 해. 그러면 다른 개 주인들은 그 사실을 알고 자기네 똥개를 치우고 종업원들은 우리가 계산할 때 나한테 줄 과자를 준비하거든. 다들 나를 알아. 내가 쇼핑을 나오면 그 어떤 실수도 용서하지 않는다는 것도 잘 알지.

데니와 카트리나가 나를 내려놓는 순간 나는 두 사람을 목줄로 질질 끌고 내가 제일 좋아하는 장난감 코너로 가. 그러고는 다양한 모양과 크기와 냄새에 흠뻑 빠져들며 무엇을 고를까 고민하지. 그런데 데니랑 카트리나는 내가 시험 삼아 씹어 보도록 해 주지 않아. 왜 그러는지 모르겠어. 한번 씹어 보지도 않고 어떻게 장난감을 고르라는 거야? 자기네는 꼼꼼히 살펴보면서 말이야. 예를 들어, 카트리나는 옷을 사기 전에 모두 입어 보잖아. 그러고도 집에 돌아와서 다시 입어 보고 데니한테 마음에 드는지 물어보는 거야.

언제나 이런 식이야.

"이거 마음에 들어? 솔직히 말해."

"좋아, 솔직히 말할게. 별로 마음에 안 들어."

"별로 마음에 안 든다니, 그게 무슨 뜻이야? 뭐가 문제야?"

"아무 문제도 없어. 그냥 마음에 안 드는 것뿐이야."

"당신은 옷에 대해 아무 것도 몰라."

카트리나는 이렇게 소리치고 발을 쿵쿵 구르며 옷장으로
돌아가. 그리고 몇 분이 지난 다음에 다른 옷을 입고 다시
나타나서 똑같이 묻는 거야.

"이건 어때? 솔직히 말해."

어쨌든 나는 장난감을 먼저 시험해 볼 기회가 없기 때문
에 카트리나랑 데니가 항상 자기네 마음에 드는 걸로 골라
줘. 그렇게 얻은 장난감을 가지고 놀 수나 있으면 그나마 다
행이야. 두 사람이 가장 좋아하는 건 콩 장난감(Kong 사에서
만든 장난감. 한쪽이 막힌 고무 튜브 형태로, 안에 간식을 채워 넣
어 주면 강아지들이 그걸 가지고 놀면서 아주 오랫동안 먹는다.–
옮긴이 주)인 것 같아. 속이 텅 빈 고무 튜브인데 한쪽 끝이
열려 있어. 처음에 두 사람이 그걸 사서 나한테 주었을 때
몇 분 정도 가지고 놀아 봤는데 너무 재미가 없는 거야. 물
어도 아무 소리가 안 나고 잘근잘근 깨물 수 있는 코도 없고
공처럼 구르지도 않았거든. 나는 이렇게 생각했어. '돈만
버리고 말았군.'

그러던 어느 날 밤, 카트리나가 콩을 부엌으로 가져가 조

리대에서 무언가를 하는 거야. 나는 호기심이 발동했어. (부엌에서 하는 일이라면 무엇이든 궁금하거든.) 이윽고 카트리나가 콩을 가지고 나와서 바닥에 내려놓았어. 그리고 이렇게 말하는 거야.

"가서 콩을 물어 와."

나는 재빨리 달려가서 냄새를 맡았어. 대박을 만난 기분이었어. 안에 땅콩버터가 가득한 거야! 나는 너무 좋은 나머지 콩 장난감을 두 발로 껴안고 샅샅이 핥기 시작했어. 너무 바빠서 카트리나랑 데니가 침실로 사라지는 것조차 몰랐어. 평소에는 내가 두 사람만 방에 몰래 들어가지 못하게 하거든, 특히 그 방에는. 15분이 지나고 콩이 원래처럼 따분한 상태로 돌아가자 나는 침실로 달려가 침대 한가운데에 엉켜 있는 커다란 덩어리 위로 뛰어올랐어. 그런데 뭔가 이상한 거야. 아직 잠자리에 들기에는 너무 이른 시간이었거든. 두 사람은 갑자기 폭소를 터트리기 시작했어, 나를 제대로 속여 넘기기라도 한 것처럼. 나는 그런 게 마음에 안 들어.

그런 다음에도 두 사람은 가끔씩 콩에 땅콩버터를 가득

채우고 나서 사라지더라고. 하지만 이제 나도 실력이 좋아져서 5분이면 콩을 깨끗이 비울 수 있어. 그리고 나서 유도 미사일처럼 침대로 날아가면 데니는 부엌으로 달려가 콩을 다시 채워 줘야 해. 며칠 전에는 데니가 두 번이나 다시 일어나서 콩을 채워 줘야 했어. 그건 데니한테 참 좋은 것 같아, 그렇게 침대에 누워 있는 것보다 운동을 하는 편이 훨씬 좋으니까.

어쨌든 애견 마켓으로 돌아가자고. 장난감 코너 다음으로 내가 좋아하는 곳은 음식 코너야. 그곳에 가면 데니랑 카트리나는 다양한 상자와 통조림을 내 코에 대 주고 냄새를 맡게 해. 상자나 통조림은 모두 냄새가 똑같다는 사실을 두 사람은 모르는 것 같아. 그래서 나는 그냥 모두 다 꼬리를 흔들어. 왜 여기서는 시식 행사를 안 하는지 모르겠어. 인간 슈퍼마켓에서는 그렇게 하잖아. (나는 인간 슈퍼마켓에 대해 잘 알고 있어. 데니가 음식을 사러 갈 때 나를 애견 가방에 넣고 지퍼를 채워서 데려가거든. 그래서 가방 그물 사이로 내다보면서 데니가 바구니에 넣는 걸 모두 살필 수 있어. 그러면 집에 돌아와서 무작정 조르는 대신 내가 원하는 음식을 구체적으로 요구하며 조를 수 있거든. 그래도 내가 원하는 음식을 내주지 않으면 나는 발을 쿵쿵 구르면서 데니한테 울부짖어. 먹다 남은 음식을 포함해 냉장고에 들어 있는 음식 모두를 정확히 기억하는 건 아주 중요한 일이야.)

카트리나랑 데니는 내가 좋아할 만한 딱딱한 개 사료를 항상 찾아다녀. 내가 앞에서 설명했듯이, 그건 시간 낭비에 불과하지만 나는 두 사람을 잔인하게 놀려 먹는 게 재미있어. 삼사 주 간격으로 두 사람은 새로운 개 사료를 나한테 먹어 보라고 해. 그러면 나는 숨을 깊이 들이마시고 그걸 게걸스럽게 먹어. 그러면 두 사람은 너무 좋은 나머지 당장 달려가서 그걸 커다란 포대로 사 오는 거야. 그래서 그걸 다시 내놓으면 나는 냄새만 한번 맡고 다른 데로 가 버려. 특히 고약한 심보가 들면 한 조각을 입에 억지로 넣었다가 마치 두 사람이 나한테 독극물 쓰레기를 먹이기라도 한 것처럼 멀리 내뱉어 버리지.

내가 바라는 건, 두 사람이 내가 먹지도 않을 음식을 사느라 많은 돈을 낭비하지 말고 내가 진정으로 바라는 건 '피자'라는 사실을 인정하는 거야.

나는 애견 마켓에서 상아시용 사구 코니를 구경하는 깃

도 좋아해. 물론 나에게는 거실에 크고 동그란 낮잠용 베개가 있고 개집에는 천을 씌운 조그만 소파도 있어. 하지만 그건 모두 낮에만 사용하는 거야. 나는 밤에 강아지용 침대에서 자야 하는 개들이 정말 불쌍해. 너무 초라하잖아.

내가 두 사람이랑 보낸 첫날 데니랑 카트리나가 자기네 침대 옆 갑갑한 감옥에 나를 넣어서 재우려 했다고 말한 거 기억나? 그런 갑갑한 상황이 거의 1년이나 계속되었어. 두 사람은 자기네가 자는 동안 나한테 무슨 일이 일어나지 않게 하려고 그러는 거라고 계속 설명했지. 나는 마음에 들지 않았지만 그 말이 옳아. 문제가 생긴다면 그 피해자는 나밖에 없으니까. 게다가 데니는 살도를 키운 경험이 있어서 개가 인간이랑 한 침대를 쓰면 정상적인 크기보다 열 배는 커진다는 사실까지 알고 있었어. 게다가 자신은 이제 나이를 먹어서 나쁜 자세로 자면 안 된다는 거야.

그러던 어느 날, 데니가 일주일 동안 멀리 출장을 떠나자 카트리나는 나를 침대로 슬그머니 끌어들였어. 침대는 내가 언제나 상상하던 그대로였어. 몸을 맘껏 뻗어서 완벽하게 누울 수 있는 따듯하고 부드러운 공간. 그때 나는 침대를 두 번 다시 포기할 수 없다는 사실을 깨달았어. 끔찍한 개집은 고물상한테나 팔아 넘기라고 해.

며칠 후 데니가 집에 돌아온 첫날 밤, 카트리나는 나를 다시 개집으로 들여보내려고 했어. 나는 전투태세를 갖추었지. 이렇게 생각했어. '결코 물러날 수 없어. 당신이 저 침대를 팔고 개집에서 잔다면 나도 개집으로 돌아가겠어. 그러기 전에는 어서 비키기나 하라고, 여기 주느비에브가 간다!'

다음 날부터 데니는 개집을 창고에 넣어 버리고 나쁜 자세로 자기 시작했어.

◠

필요한 걸 다 산 다음에 두 사람은 나를 질질 끌고 고양이와 새와 물고기가 있는 코너를 지나가. 저절로 소름이 돋는 곳이야. 나 같은 개를 기를 수 있는데 누가 그런 걸 기르려고 하겠어? 뭐 이런 것들을 진열해 놓느냐고 경영진한테 항의하는 의미에서 그곳에다 응가나 쉬를 갈길 수 있다면 좋겠지만 그럴 수가 없어. 카트리나랑 데니가 상섬에 들어가기 전에 언제나 볼일을 확실히 보도록 만들기 때문이야.

우리가 계산대 줄에 서 있을 때는 다른 개들이 산 물건을 구경할 수 있어서 재미있어. 도저히 믿을 수 없는 건 쓰레기 음식을 사는 개들이 있다는 사실이야. 그런 개 대부분은 몇 년 동안 고양이를 단 한 번도 쫓아 본 적이 없는 것처럼 보여. 정말 짜증스러운 건 열 개 품목 넘게 구입한 개가 열 개 이하만 사는 사람들이 서는 급행 줄에 슬그머니 끼어들고, 그걸로도 모자라서 주인한테 수표까지 쓰게 만들어서 내 소중한 시간을 더 많이 빼앗아 간다는 거야. 겨울에는 특히 심해. 늙은 개 여행자들이 전부 이곳 플로리다로 몰려들거든. 그들은 걷는 것도 느리고 제대로 보이지도 않고 운전도 제대로 못해. 그들이 살던 북부에 그냥 있지 않고 돌아다니는 이유가 뭔지 모르겠어.

애견 마켓을 떠날 때는 커다란 유리창 너머로 미용실을 슬그머니 구경하는 것도 재미있어. 그러다 보면 아주 귀여운 남자 개들이 털 깎는 모습이 보이거든. 내가 멍멍 짖어서 아는 척이라도 하면 모두들 너무 좋아하면서 털 깎는 탁자에서 뛰어내리려고 대혼란을 일으키곤 하지. 나는 문제를

일으키는 게 너무 좋아. 왜 그런지 모르겠어. 내가 아기 강
아지일 때 무슨 심한 상처라도 받아서 그런 걸까?

현대 의학

카트리나랑 데니가 나를 그렇게 많이 사랑한다면
서 억지로 수의사한테 끌고 가는 이유가 도대체 뭐야? 두
사람은 나를 끊임없이 감시하면서 수의사한테 끌고 갈 핑곗
거리만 찾는 것 같아. 한번은 이틀에 걸쳐서 세 번을 토하니
까 두 사람이 나를 수의사한테 데려갔어. 또 한번은 머리에
조그만 혹이 생긴 걸 그들이 보았어. 이번에도 수의사한테
데려갔지. 하루는 내가 눈을 문지르다가 들킨 거야. 또다시
수의사한테 끌려갔어. 어떨 때는 아무렇지 않은데도 그냥
데려가.

두 사람이 나를 데리고 동물병원 현관으로 들어가는 순
간에 나는 미리 엄살을 떨며 투덜거리기 시작해. 그러면 모

통이 너머에 있는 접수원은 항상 이렇게 말하지.

"저 소리는 주느비에브 같아."

그래, 당신 말대로 나는 주느비에브야. 하지만 친구를 사귀거나 애교를 떨려고 여기 온 건 아니란 사실을 명심하는 게 좋을걸.

그런 다음에 나는 첫 번째 굴욕을 당해. 접수원이 나를 들어서 로비 한쪽에 있는 저울에 올리는 거야. 모두가 볼 수 있는 곳에서. 그리고 언제나 모두가 들을 수 있도록 내 체중을 아주 커다랗게 소리쳐. 이봐…… 숙녀의 체중은 비밀이라고. 지난번에 다녀간 이후 200그램이 늘었다면 뭐 어쩔래? 연말이라서 꼭 가야 하는 파티가 많았다고. 새해가 되면 다시 살을 뺄 거야. 내가 당신을 저울에 올려놓고 데니더러 체중을 커다랗게 소리치게 하면 당신 기분은 어떻겠어?

그런 다음에는 대기실에 들어가서 앞발을 배배 꼬아야 해. 정말 따분하거든. 그런데 거기서 다른 개는 물론이고 고양이나 토끼나 새 같은 동물들과 함께 있어야 한다면 여러분은 믿을 수 있겠어? 왜 개가 아닌 동물들이 기다리도록 비슷한 모양의 대기실을 따로 만들지 않는 거야? 그렇지 않아도 나쁜 기분이 그들 때문에 더 나빠지지 않도록 말이야. 그리고 또 하나……, 수의사는 고양이 환자의 어디가 이상한지 어떻게 알 수 있지? 어차피 전부 다 이상하니까 수의사도 어쩔 수 없을 거 아냐.

나는 그곳에서 나오는 음악도 정말 싫어. 갈 때마다 매번 똑같은 노래가 흘러나와. 달팽이가 피아노 건반 위에서 죽어 가는 소리. 우리를 진정시키려고 그러는 것 같지만 나는 오히려 그 소리 때문에 천장으로 뛰어오르고 싶어. 스리 도그 나이트(Three Dog Night, 미국의 록밴드-옮긴이 주)나 스누프 도그(Snoop Dogg, 미국의 랩 가수-옮긴이 주)의 노래를 틀어 주면 얼마나 좋아?

또 나를 짜증 나게 하는 건 그곳에 있는 잡지가 모두 옛날 거라는 사실이야. 데니나 카트리나가 잡지 기사를 읽는 동안 나는 그림을 보고 싶은데, 매번 똑같은 그림만 봐서 머리에 박힐 정도야. 귀여운 남자 개들 사진은 누가 모두 오려 간 것 같아.

그러다 보면 마침내 간호사가 나를 데리러 와. 카트리나는 언제나 나랑 같이 진찰실에 들어가지만 데니는 바깥에서 기다려. 수의사가 진찰하는 걸 옆에서 지켜보면 너무 불안하다면서. 상상할 수 있겠어? 막대기로 이리저리 찔리는 당사자는 난데 데니가 불안하다니 말이야. 남자 인간은 정말 겁쟁이야.

어쨌든 간호사는 우리를 조그만 방으로 안내해서 쇠로 만든 차가운 진찰대에 나를 올려놔. 나는 그 진찰대가 싫어. 조금 전에 거기에 누가 누워 있었는지 어떻게 알아? 고양이일 수도 있잖아. 그런 다음에는 수의사가 들어와. 의사는 항상 나를 껴안고 키스하지만 나는 그냥 무시해. 앞으로 닥칠 일에 내가 신경 쓰지 않도록 만들려는 속임수이기 때문이야. 물론 나는 앞으로 무슨 일이 닥칠지 모르지만, 좋은 게 아닌 건 분명해. 내 눈에 따가운 물질을 넣을 때도 있어. 아픈 막대기로 찌를 때도 있고. 심지어 엉덩이에다 아주 차가운 걸 집어넣기도 해. 한번은 코에다 무언가를 불어넣어서 정말 무서웠어. 며칠 전에 데니랑 카트리나와 함께 코카인을 코로 흡입하는 사람들이 나오는 영화 〈스카페이스〉를 보았기 때문이야.

지난번에 진찰을 받을 때는 전염병 '디스템퍼' 예방주사를 놓을 거라고 수의사가 말했어. 이봐요, 나는 그런 예방주사를 맞을 필요가 없어요. 나를 더 이상 화나게 하지 말고 어서 꺼지기나 하세요.

수의사가 나를 고문하는 동안 카트리나는 계속 이런 말만 중얼거려.

"괜찮아, 주느비에브, 괜찮아."

맙소사, '괜찮은' 느낌이 이런 거라면 나 대신 당신이 진찰대에 올라와. 그럴 수 있겠어?

결국에는 수의사가 지쳐서 카트리나한테 나를 데려가라고 해. 그러면 우리는 접수대로 다시 가고 접수원은 이번에도 나한테 다정한 말을 건네려고 하지만 내가 바라는 건 그냥 어서 밖으로 나가 신선한 공기를 마시는 거야. 카트리나는 지갑에서 플라스틱 카드를 꺼내서 건네주고 접수원은 그걸 받았다가 다시 돌려줘. 두 사람이 무엇을 하는 건지 모르겠지만 중요한 건 카트리나가 돈을 한 푼도 주지 않았다는 사실이야. 괜히 나만 쓸데없는 고통을 겪은 거야. 그런 건 굳이 여기 오지 않아도 할 수 있을 텐데 말이야.

이제 드디어 카트리나는 나를 데리고 밖으로 나가서 데

니를 찾기 시작해. 대체로 데니는 수의사가 찾을 수 없도록 은밀한 곳에 숨어 있어. 나는 자동차로 황급히 달려가. 공포의 고문실이 자동차 뒤 유리창 너머로 사라질 때까지 안심할 수 없기 때문이야.

인간들은 편하게 살지. 수의사한테 갈 필요가 없거든. 하지만 데니는 예외야. 딱 한 번 수의사한테 치료받은 적이 있어. 지금 수의사를 피하는 이유가 그것 때문인 것 같아. 그 이야기를 하려면 데니가 기르던 개 살도의 발바닥에 문제가 생겼던 옛날로 돌아가야 해. 살도가 툭하면 발바닥을 핥더니 하루는 의자 뒤에서 꿈쩍도 안 하더래. 산책도 나가지 않으려 하고 맛있는 먹이를 주어도 일어나질 않았어.

처음에 데니랑 가족들은 살도한테 뇌출혈이 일어났다고 걱정했어. 하지만 정신이 멀쩡한 게 그런 것 같지도 않았어. 일어나지 않으려고 하는 것뿐이었지. 그래서 살도가 발바닥을 또 핥기 시작할 때 데니가 자세히 살펴보니 발바닥이 심하게 감염되어 빨갛게 갈라지고 고름이 흐르고 있었어. 살도가 움직이지 않으려고 한 게 너무 당연했지.

살도는 어려서 농불병원에 처음 갔나가 수의사가 정말

싫다는 결론을 내리고 필요하다면 온몸으로 싸워서라도 그런 곳엔 두 번 다시 안 가겠다고 결심한 터였어. 그때 이후 동물병원에 가야 할 때마다 살도는 진정제를 맞은 다음에 인간한테 들려서 가야 했어.

살도는 내 사랑을 받을 자격이 충분한 남자였던 거지.

그래서 이번에 데니는 다른 동물병원에 데려가면 살도를 속일 수 있을 거라 생각하고 살도가 한 번도 가 본 적이 없는 교외 지역으로 갔어. 그러고는 자동차를 주차시키고 허리를 숙여서 살도의 목걸이를 잡은 채 동물병원을 향해 걸어갔어. 살도는 느리긴 해도 기꺼이 따라갔지. 동물병원 간판을 못 봤나 봐. 그때까지는 좋았어. 동물병원에서 흘러나오는 냄새도 없고 (최소한 데니는 아무런 냄새도 못 맡았어) 아무 소리도 (최소한 데니한테는) 안 들렸으니까.

그런데 갑자기 으르렁 하는 소리가 들려서 데니는 내려다보았어. 그런데 조금 전까지 아무렇지 않던 깨끗한 손이 넝마 같은 핏덩이로 변해 있는 거야. 살도는 데니의 손에서 벗어나 자동차로 달려갔다가 문이 닫혀 있는 걸 보고 근처에 주차된 다른 자동차의 열린 창문으로 뛰어들었어. 그렇다면 살도가 결국 동물병원 간판을 보았던 걸까?

데니가 그곳으로 가니, 살도는 자동차 뒷좌석에 웅크린 채 벌벌 떨고 있고 낯선 차 주인은 앞좌석에 웅크린 채 벌벌 떨고 있었어. 눈을 동그랗게 뜬 낯선 사람한테 데니는 재빨리 사정을 설명했고 살도를 자기 자동차로 간신히 옮긴 다음에 안전하게 문을 잠갔어. 그리고 지금 막 일어난 일을 설명하기 위해 동물병원으로 갔어.

데니는 살도한테 물려서 찢어진 피투성이 상처를 꼭 누른 채 인간과 애완견이 가득한 대기실로 들어갔어. 접수원은 데니를 발견하고 진찰실로 재빨리 데려갔어. 왜 인간을 우선적으로 치료하는지, 그곳에서 기다리던 손님들은 정말 이상하게 생각했을 거야.

수의사가 상처를 소독하고 항생제를 바르고 나서 손에 붕대를 감아 주었어. 그리고 데니한테 만약을 위해 파상풍 주사를 맞으라고 권했어. 나중에 데니는 대기실에 다시 들어가 붕대 감은 손을 자랑스럽게 들어 올리며 선포했어.

"이곳 수의사가 너무 좋아서 우리 개를 여기로 데려올 생각이에요."

아무도 웃지 않았어. 정신병원 같은 분위기가 느껴지기 시작했거든.

수의사랑 그 조수는 살도의 발바닥을 조금이라도 볼 수 있는지 확인하러 데니를 따라 주차장으로 갔어. 하지만 자동차 문을 여는 순간, 그들은 사전에 예상한 것 이상으로 커다란 적대감과 마주해야 했어. 집에서 기르는 애완견이 그렇게 사나운 건 생전 처음 본 거야. 그 개가 인간이랑 집에서 살았는데 그 집 식구들이 여전히 살아 있다는 게 믿기 어려울 정도였어.

그들은 데니한테 살도를 집으로 데려가서 진정제를 충분히 투여한 다음에 다시 데려오라고 지시했어. 그 방법은 효과가 있어서, 데니 엄마는 졸려서 축 늘어진 살도를 동물병원으로 데려가고 데니는 파상풍 주사를 맞기 위해 병원 응급실로 갔어. 몇 시간 후에 돌아온 살도는 진정제 때문에 여전히 축 늘어진 채 네발에 붕대를 감은 상태였어. 살도는 침실에서 곧장 곯아떨어졌지.

그날 저녁에 데니와 엄마는 현관문을 아주 권위적으로 두드리는 소리를 듣고 깜짝 놀랐어. 근엄한 표정의 경찰관

두 명이 사나운 개가 있다는 보고를 받고 조사하러 나온 거야. 법이 정한 대로 병원 측에서 경찰서에 전화해 개가 사람을 물었다고 신고한 거지.

데니는 경찰관이 살도를 데려가서 재판도 거치지 않고 사형시킬 것 같아 겁에 질렸어. 그래서 집에서 기르는 개가 극심한 통증 때문에 정신이 흐릿한 나머지 실수로 "약간 문거"라고 설명했어. 데니는 부부 싸움을 한 다음에 폭력적인 배우자를 변호하려고 애쓰는 사람 같은 심정이었어. 이쨌든 데니가 아주 잘한 게 분명해. 경찰관이 이번에는 그냥 넘어가겠지만 살도가 낯선 사람을 물었다면 이야기는 완전히 달랐을 거라고 말했기 때문이야.

바로 그 순간에 데니는 침실에서 살도가 희미하게 으르렁대는 소리를 들었어. '진정제 약효가 떨어지고 있는 게 분명해.' 데니가 이렇게 생각하는 순간, 살도가 붕대를 휘날리며 모퉁이를 돌아서 무섭게 달려와 부츠 차림에 곤봉을 찬 파란 제복의 침입자를 공격하는 끔찍한 영상이 머릿속에 떠오르는 기아.

'아, 안 돼, 살도! 제발 그러지 마!'

데니는 속으로 비명을 질렀어.

경찰관이 무사히 떠나자, 데니는 안도의 한숨을 내쉬며 현관문에 기댔어. 너무 긴장해서 온몸에 식은땀이 흥건하단 사실도 그때 처음 깨달았지. 데니가 살도를 살피러 침실로 가니까 살도는 담요에 누워 있다가 데니를 보고 꼬리를 흔들었어. 하지만 일어나려고 하진 않았지. 발이 너무 아팠던 거야. 바로 그것 때문에 경찰관들한테 경고만 하고 그냥 보내 준 게 분명해.

며칠 후에 살도는 호된 시련을 멋지게 극복하고 기운을 되찾아 법을 지키는 시민으로 돌아왔어. 그와 함께 데니의 손도 나았지, 희미한 흉터 몇 개가 기념으로 남았지만.

궁금할 것 같아서 얘기하는데, 수의사는 데니한테 치료비를 청구하지 않았어. (하지만 그 치료비는 살도한테 청구했지.)

열

스키터를 물어 와

“어서 스키터를 물어 와!”

맙소사, 또 시작이군. 있잖아, 지금 당장은 스키터를 물어 오고 싶지 않아. 그냥 여기에 엎드려서 남자친구 발리를 만나는 꿈이나 꾸고 싶어. 사실 나는 스키터를 물어 오는 걸 그리 좋아하지도 않아. 여러분도 잘 알겠지만, 스키터는 데니랑 카트리나가 얼마 전에 사 준 조그만 녹색 개구리 장난감이야. 당시에 두 사람은 그걸 주면서 이렇게 말했어.

“주느비에브, 이건 스키터야, 새 친구. 어서 스키터를 물어 와.”

그러더니 두 사람이 스키터란 친구를 구석으로 던졌어. 그래, 여러분도 잘 알잖아, 뭔가 새로운 게 거실을 가로질러 구석에 떨어지는 게 보이면 내가 벌떡 일어나서 그쪽으로 달려간다는 걸……. 그게 음식일 가능성은 항상 있으니까. 그래서 나는 벌떡 일어나서 스키터한테 달려갔어. 물론 처음 며칠은 스키터를 가지고 노는 게 재미있었다는 걸 나도 인정해. 내가 정말 아프게 깨물면 스키터가 비명도 내지르거든. 그런 재미는 날이면 날마다 느끼는 게 아니야.

그런데 시계처럼 정확하게 몇 시간 간격으로 데니나 카트리나가 "주느비에브, 스키터 어디 있지?" 하고 소리치는 거야. 스키터가 바로 앞에 있어서 자기들도 금방 볼 수 있는데 말이야. 그러면 혹시 두 사람이 눈이 먼 건 아닌가 약간 걱정스러운 나머지 내가 따뜻하고 부드러운 방석에서 몸을 일으켜 스키터를 집으러 가 주시는 거지. 그러면 두 사람이 좋아하면서 "잘했어." 하고 말해. 그제야 비로소 나는 두 사람 시력이 평소처럼 좋다는 걸 알게 되지. 내가 두 사람을 왜 이렇게 걱정하는지 도무지 모르겠어.

으음, 이야기가 너무 옆으로 샜군. 스키터만 물어 오라고 하는 게 아니야. 절대. 램버트나 박스터, 돼지갈비, 손수건, 양말, 원반, 깃털 베개, 장난감 뼈, 부다본, 농구 공,

벤자민, 험프티, 찰리, 산타, 꽈배기 과자, 모티, 그리고 두 사람이 제일 좋아하는 콩 장난감을 언제 가져오라고 할지 몰라. 인간이 이렇게 많은 이름을 모두 기억할 수 있다는 사실이 놀라울 뿐이야. 평소에는 그렇게 똑똑하지 않거든. 내 말은, 인간이 지도나 GPS를 발명할 수밖에 없었던 것도 집으로 돌아오는 길을 찾을 줄 모르기 때문이잖아! 솔직히 말해서, 나라면 눈을 가려도 냄새 하나로 집을 찾아갈 수 있는 곳에서 데니나 카트리나가 길을 잃고 지도를 더듬거리기 시작하는 걸 보면 너무 창피해서 머리를 앞발에 묻고 싶을 때가 한두 번이 아니야.

나는 내가 인간처럼 말하는 멋진 꿈을 자주 꾸는데, 그럴 때는 정말 재미있어! 가령 내가 데니랑 카트리나한테 이렇게 소리치는 거야.

"TV 가이드 어디 있어? 가서 TV 가이드 가져 와."

"휴대폰 어디 있어? 가서 찾아 와!"

그리고 나는 소파에 가만히 앉아서 두 사람이 그걸 찾으려고 헐레벌떡 뛰어다니는 모습을 가만히 지켜보는 거야. 그래서 그걸 가져오면 나는 그걸 건너편으로 던져서 그들이 다시 쫓아가게 만드는 거지. 맹세하는데, 그런 꿈을 꿀 때는 너무 흥분한 나머지 조그만 다리가 이리저리 움직이고 숨소리까지 웃기게 변해.

그러다가 깨어나면 데니나 카트리나가 나를 이리저리 흔들면서 소리치고 있는 거야.

"주느비에브, 괜찮아? 이제 얼른 스키터를 물어 와."

꿈과 현실이 완전히 뒤바뀐 거야. 항상 그렇겠지만.

으음, 이제 실례해야겠어. 스키터를 물어 와야 하거든. 마치 내가 무슨 할 일 없는 강아지이기라도 한 것처럼 말이야.

열하나

개와 인간의 역사

내가 말하는 내용은 모두 인간은 절대로 알 수 없는 개만의 비밀이란 걸 지금쯤은 깨달았겠지? 우리 견공 동지들 대부분은 내가 이러는 게 싫을 거야. 하지만 내가 일부러 이렇게 하는 이유가 있어. 첫째, 자기네 애완견한테서 배울 수 있는 정보만 실어 놓으면 인간들이 내 책을 읽으려고 하지 않을 거야. 뒷이야기가 잘 팔리는 법이거든. 집에서 배울 수 없는 내용이 여기에 있다니까요! 둘째, 사람들이 개를 제대로 이해하면 우리한테 피자를 많이 줄 거야.

인류학자들이 가장 흔히 다루는 주제 가운데 하나는 개와 인간의 관계가 이뤄져 온 역사야. 우리와 마찬가지로 인류학자들도 땅에서 뼈를 파내려고 아주 많은 시간을 보내고 있어. 하지만 놀라운 건 그들이 뼈를 찾으면 당장 씹어 먹지 않고 그걸 깨끗하게 닦아서 박물관에 전시한다는 사실이야! 전시된 마스토돈(신생대 3기의 거대한 고대 생물-옮긴이 주)의 사진을 본 적이 있는데, "어이없다."는 말이 절로 흘러나와. 친구들을 모두 불러서 일주일은 마음껏 먹을 수 있는 분량이거든.

과학자들은 다양한 이론을 제시하면서 서로 논쟁하는 걸 좋아해. 과학적인 이론은 어떤 현상이 일어난 원인을 밝히고 그래서 앞으로 일어날 사건을 예측할 수 있어야 하는 거야. 내가 사례를 들어 볼게. 그러면 아마 훨씬 쉽게 이해할 수 있을 거야. 어느 날 오후에 내가 다람쥐를 보고 멍멍 짖었는데 조금 있다가 뒷마당 소나무에서 커다란 나뭇가지 하나가 떨어졌어. 이건 우연의 일치가 아니야. 그래서 나는 내가 멍멍 짖어서 만든 음파가 나뭇가지를 떨어뜨렸다는 이론을 만들어. 이건 나뭇가지가 떨어진 원인을 설명하는 아주 멋있는 이론일 뿐 아니라 내가 아주 힘센 강아지란 사실을 증명하는 이론이기도 해.

하지만 나는 또다시 멍멍 짖어서 다른 나뭇가지를 떨어

뜨리는 실험으로 이 이론을 검증해야 돼. 그래서 다음 날 나는 다시 뒷마당에 나가서 최대한 크게 짖었어. (묽은 떨어지는 나뭇가지에 맞지 않도록 멀찌감치 떨어져서.) 그런데 아무 일도 일어나지 않는 거야. 나로선 받아들이기 힘든 결과였어. 내 이론이 틀렸고 그래서 노벨 물리학상을 받을 수 없게 되었다는 의미거든.

나는 하루 종일 침울하게 보냈어. 하지만 그날 저녁에 카트리나랑 데니가 뉴스를 보는데 같은 날 오후에 캔자스 주에 토네이도가 불어닥쳐서 나무랑 주택을 모두 날려 버리는 영상이 나오는 거야. 나는 내 이론이 정확하다는 사실을 그때 비로소 깨달았어. 짖는 소리가 클수록 음파가 멀리 도달한다는 내용만 덧붙이면 되는 거야. (노벨상 심사위원 여러분, 도대체 뭘 더 기다리는 거야?) 그렇기 때문에 과학에서는 성급한 결론을 내리지 않는 게 아주 중요해.

그런데도 개와 인간의 역사를 연구한다는 그렇고 그런 학자들은 인간이 아주 오래 전부터 들개를 길들이기 시작했다는 식의 터무니없는 결론을 내리고 있어. 내가 실제로 어땠는지 알려 줄게.

우리 조상은 선사시대를 지배했어. 당시에는 개가 모두 똑같이 생겼었어. 갈색, 근육질에 짧은 털, 쫑긋 선 조그만 귀. 우리는 그게 좋았어. 도그쇼 같은 것을 열 필요가 없었거든. 우리는 서로 완벽한 조화를 이루며 살았어. 그리고 고그나 바드 같은 이름을 사용했어. 피피스나 팅커벨이나 크림퍼프 같은 이름은 없었지.

날씨는 따뜻하고 숲은 푸르게 우거져 있었어. (북극의 거대한 냉장고가 터져서 얼음덩어리가 사방에 넘쳐흐른 시기가 잠깐 있긴 했어. 정말 맛있었지. 우리가 얼음을 먹어 본 건 그때가 처음이었거든.)

조그만 생물이 사방에 기어 다녀서 먹을 건 많았고 커다란 파충류는 너무 느리고 멍청해서 우리를 잡을 수 없었어. 그래서 그들이 멸종하는 걸 우리 눈으로 생생히 보았어. 구체적으로 어떻게 된 거냐면, 미래를 볼 수 있는 공룡이 있었는데 그 공룡이 〈쥬라기 공원〉이라는 영화 이야기를 해 주니까 모두가 우울증에 빠져서 스스로 죽어 버린 거야. 그래서 우리는 진짜 맛있는 음식을 오랫동안 먹었지. 우리가 지금 닭고기를 좋아하는 이유도 공룡이랑 맛이 비슷하기 때문이야.

그런데 다른 새로운 생물이 나타나기 시작했어. 털이 덥수룩하고 이상한 생물, 네발로 기어 다니기도 하고 뒷다리로 일어나서 걷기도 하는 생물. 우리 개들은 지금까지도 도대체 그런 생물이 처음 나타난 곳이 어디인지에 대해 논쟁하고 있어. 하지만 뉴저지(New Jersey, 새로운 털이란 뜻이 있음-옮긴이 주) 주라는 견해가 가장 지배적이야.

처음에는 어릿광대 같은 모습을 지켜보는 게 재미있었어. 바위에 올라앉아 간식을 먹으며 들소가 그들한테 달려드는 광경도 지켜보았지. 그런데 그들은 무언가를 죽이는 순간에 모두가 소리를 내지르면서 가슴과 손바닥을 서로 마주쳤어. 여자들은 서로 어깨에 올라타며 펄쩍펄쩍 뛰고 속이 텅 빈 나뭇가지에 대고 소리를 지르며 용기를 북돋았어.

그렇게 시간이 흐르면서 인간들은 밤에 우리 야영지 근처로 살그머니 숨어들기 시작했어. 가끔 우리가 잠에서 깰 때면 그들이 살금살금 기어 다니며 고기를 훔치는 모습을 볼 수 있었지. 그러면 우리는 멍멍 짖어서 그들을 쫓아냈어. 하지만 물지는 않았어. 병균이 옮지나 않을까 두려웠거든.

그렇게 몇천 년이 지나고 마침내 우리는 인간을 데리고

다니기 시작했어. 처음에는 그들을 '여자남자(herman)'라고 불렀는데 그게 나중에 '인간(human)'으로 변한 거야. 우리는 인간들한테 우리랑 노는 법을 가르쳐 주었어, 술래잡기나 숨바꼭질 같은 거. 그런데 그들은 똑같은 놀이를 하고 또 하면서도 전혀 질리지 않더라고. 그건 아마 인간의 두뇌가 덩치에 비해서 아주 조그맣기 때문일 거야. 우리 개들은 그냥 재미로 노는 걸 좋아하는 반면에 그들은 점수 내는 걸 좋아한다는 사실도 발견했어. 한번은 두 인간이 똑같은 점수로 끝나니까 한 명이 아주 화가 나서 바위로 상대편 머리를 내려쳤어. 그게 바로 스포츠 역사상 최초의 '서든 데스'(sudden death에는 '급사急死'라는 의미가 있음. 스포츠에서는 '동점일 경우의 단판 결승'이라는 뜻으로 쓰인다.–옮긴이 주)였어.

그런데 인간은 손가락이 유연하기 때문에 섬세하고 지루한 작업을 아주 잘했어. 우리한테 조개껍질로 조그만 목걸이를 만들어 주기도 하고 밀짚으로 베개도 만들어 주었어. 그 상으로 우리는 인간한테 돌멩이를 부닥쳐서 불 만드는 방법을 가르쳐 주기로 결정했어. 우리는 처음부터 그렇게 하는 방법을 알고 있었지만 앞발로 그렇게 하기기 쉽지 않아서 안 했을 뿐이야. 하지만 인간은 불을 잘 만들더라고. 게다가 서로 불을 던지며 노는 걸 아주 좋아하는 것 같았어. 그래서 우리는 매일 밤마다 따뜻하고 멋진 모닥불 옆에서 베개를 베고 잘 수 있게 되었지. 인간을 옆에 두어서 정말 편해진 거야.

얼마 지나지 않아 인간은 동물 가죽으로 스스로 옷을 만들어 입기 시작했어. 더 대단한 건 사냥에 적합한 옷을 만들어서 조그만 상징을 새겨 넣기까지 했다는 사실이야. 그러다가 인간 모두가 똑바로 서게 되었고 일부는 걸으면서 손가락을 자유롭게 움직일 수도 있게 되었어. 그리고 동굴 대신 들어가서 살 움막을 만들기 시작했어. 그런 다음에는 최초의 발명가가 나타나서 구석기식 움막집을 지었지. 이런 집은 구석기 인간의 주요 이동 경로를 따라 세워졌는데, 그 앞에 커다란 간판이 달려 있어. "발길 닿는 곳이 바로 그대의 집이나니"라는 내용이야(인적이 드문 국립공원 등산로에 세워 놓은 통나무집들이 주느비에브의 눈에는 이렇게 보인 것 같다.-옮긴이 주).

그러면서 문제가 일어나기 시작했어. 그들이 우리를 집

으로 데려가서 살기 시작한 거야. 그런 생활은 개한테 적합하지 않아. 예전처럼 친구끼리 모여서 사냥할 수도 없었고 집 안에서는 응가나 쉬도 할 수 없었어. 소중한 밀짚에 얼룩이 생기기 때문이야. 게다가 그들은 자기네가 못 먹는 음식을 우리한테 주었어. 심지어 모든 개는 바깥에 나가려면 목을 덩굴로 묶어야 한다는 규칙까지 만들었어. 하지만 무엇보다 심한 건 인간들이 우리한테 "앉아", "가만히 있어", "기다려", "이리 와", "따라와" 등등의 명령까지 하기 시작했다는 거야. 물론 당시만 해도 그들이 하는 말이라는 게 '쉿쉿, 쯧쯧' 하는 소리에 불과했지. 그래서 개를 부를 때 '쯧쯧' 하고 혀 차는 소리를 내게 된 거야.

위기였어. 그래서 B.L.(Before Lassie, 래시 이전) 2만 년에 우리는 미래를 결정하는 대규모 총회를 라스베이거스에서 열었어. 그리고 아주 근소한 표 차이로 우리 모두는 앞으로 인간을 우리보다 우수한 종자이자 주인으로 여기는 '척' 하자는 결론을 내렸지. 이 같은 책략의 대가로 우리는 공짜 음식이랑 장난감이랑 하루에 스물세 시간을 잘 수 있는 자유를 얻었어. 이런 결론에 대해 소수파는 '앞으로 모든 개는

자기네 인간들한테 하루에 최소한 한 번 이상 극도의 모멸
감을 보임으로서 우리의 자랑스러운 유산에 경의를 표해야
한다'는 단서 조항을 덧붙였지. 복종 훈련을 받을 때나 도
그쇼에 나갔을 때 이런 모멸감을 드러내면 딱 좋은 것 같아.

이 주제에 대해서 내가 해 줄 수 있는 말은 이게 전부야.
행여 누가 묻기라도 하면 명심해 — 주느비에브는 아무 말
도 안 했어!

열둘

좋은 날씨 나쁜 날씨

인간은 언제나 날씨를 가지고 투덜거려. 이곳 플로리다에서는 이렇게 말해.

"이 정도면 충분히 따뜻하죠?"

이 질문에 적절하게 대답하려면 이렇게 해야 돼.

"아니요, 전혀 충분하지 않아요. 살이 타고 내장이 터질 정도는 돼야죠."

인간한테는 멍청한 질문을 할 수밖에 없는 유전자가 있나 봐.

굵은 쇠막대를 머리에 대고 구부릴 수도 있을 것 같은 표정의 악당이 이렇게 물어.

"당신, 어디 안 좋아?"

학교 인근에서 시속 200킬로미터로 달린 운전사를 세운 교통경찰은 또 이렇게 묻는 거야.

"왜 서라고 했는지 아세요?"

이런 전화가 걸려 올 때도 있지.

"안녕하세요, 국세청입니다. 잘 지내시죠?"

엄마가 아이한테 이렇게 묻기도 해.

"누가 고양이를 보라색으로 물들였는지 아니?"

한 사람이 아무리 크고 또렷하게 욕설을 퍼부어노 상대편은 항상 이렇게 물어.

"너 지금 나한테 뭐라고 했어?"

그리고 인간들은 나한테 항상 이렇게 물어.

"우리 주느비에브, 착하지?"

정말 웃기지 않아?

인간들과 달리, 나는 날씨 때문에 절대 투덜거리지 않아, 섭씨 25도에 비만 오지 않는다면.

나는 비가 싫어. 정말 싫어, 정말 싫어, 정말 싫어.

한 가지 이유는 귀엽고 예쁜 내 발바닥이 젖는 게 싫기 때문이야. 축축한 곳을 지날 때마다 나는 언제나 네발을 퐁

시에 들려고 하지만 제대로 안 되는 것 같아. 언제나 발 하나가 내려오는 것 같거든. 하지만 최대한 빠르게 화들짝 올리지.

또 하나는 데니나 카트리나가 나를 데리고 빗속으로 산책을 나갔다 집으로 돌아온 다음이면 언제나 축축하게 젖은 인간 특유의 냄새가 코를 찔러서야. 너무 고약해서 고개를 돌려야 할 정도야.

왜인지 몰라도 이곳 플로리다는 비만 내리면 거리에 물이 넘쳐. 기록적인 가뭄이 한창일 때도 비가 10분만 왔다 하면 자동차가 수평선으로 나아가는 돛단배로 변해. 삼사 년 전에는 비가 엄청나게 온 다음에 가벼운 산책을 나갔다가 거리를 걸어가는 물고기를 보았어. 물론 다리가 없어서 그런지 그렇게 잘 걸어가는 건 아니었어. 그래도 최선을 다하고 있었지. 그런데 데니는 그 물고기 이름이 '캣피시'(플로리다 해안에서는 바닷물이 강으로 역류하기도 한다. 이 책에서 말한 'catfish'는 망둥이를 가리킨다. 망둥이는 뭍에서도 호흡이 가능하다. –옮긴이 주)라고 말하는 거야. 난 고양이(캣)란 말만 들으면 소름이 돋는다는 거 여러분도 알잖아. 왜 물고기한테 그렇게 역겨운 이름을 붙였는지 모르겠어. 그런데 그 멍청한 물고기가 횡단보도조차 이용하지 않는 거야. 그건 자동차에 깔리는 지름길인데 말이야.

하지만 비가 싫은 가장 커다란 이유는 번개랑 천둥이 뒤따르기 때문이야. 사실, 내가 사는 플로리다는 이곳 주민들 스스로 '국제적인 번갯불 중심지'라고 부를 정도야. 플로리다 사람들은 왜 그런 것까지 자랑하고 싶어 하는 걸까? 스스로 '국제적인 설사병 중심지'라거나 '우주 최고의 구더기 중심지'라고 부르는 지역에 대해 들어 본 적 있어?

나는 커다란 소리가 싫어. 집을 뒤흔드는 커다란 소리는 특히 더 싫어. 그래서 나는 대기에서 비 냄새만 나면 그 즉시 고도의 경계 태세에 들어가. 정신을 완전히 집중해야 하기 때문에, 나는 먹지도 않고 놀지도 않고 누가 쓰다듬는 것도 싫어. 그리고 천둥소리가 들리거나 번쩍이는 번갯불이 보이는 순간에 재빨리 도망쳐.

몇 년 전에는 폭풍우가 몰아칠 때 내가 사라지자, 데니랑 카트리나는 내가 소파 밑에 숨었다고 생각했어. 하지만 그 밑을 살피고 나서 그렇지 않다는 사실을 깨달은 두 사람은 엄청난 불안감에 휩싸인 채 나를 부르면서 온 집 안을 뒤지기 시작했어.

그래, 나도 그들이 정신없이 부르는 소리를 들었어. 하지만 나한테는 그보다 더 걱정스러운 일이 있었다고.

마침내 데니가 화장실에 들어와서 샤워 커튼을 옆으로 젖혔어. 바로 거기에 내가 있었던 거야, 욕조에 숨어서.

그런데 정말 짜증 나는 일은 그 다음에 일어났어. 데니랑 카트리나가 너무나 가엾고 불쌍하다는 표정으로 나를 쳐다보며 폭소를 터트린 거야.

가엾고 불쌍한 주느비에브, 욕조에 숨어 있다니!

좋아, 내가 뭐 하나 물어 볼게. 기상 캐스터가 커다란 폭풍우가 다가올 때는 어떻게 하는 게 좋다고 하지?

그래.

욕조에 숨으라고 하잖아.

그럼 진짜 질문.

가엾고 불쌍한 두 인간은 왜 욕조에 재빨리 뛰어들어서 내 옆에 숨지 않는 거야?

폭풍우가 시작되면 욕조는 내 차지야. 한번은 데니가 샤워를 하는데 갑자기 폭풍우가 불어닥쳤어. 내가 샤워 커튼을 젖히며 욕조로 재빨리 뛰어드니까 거기에 있던 데니가 기절초풍했지. 물론 나도 기절초풍했고. 나는 욕조 구석에서 몸을 웅크린 채 꼼짝도 안 했어. 데니는 내가 너무 많이 젖지 않도록 샤워기를 다른 쪽으로 돌려야 했어. 그리고 수건으로 내 몸을 덮어 주었지. 나는 그런 데니가 고마웠어. 물 몇 방울 떨어지는 건 괜찮지만 데니의 이름도 없는 싸구려 샴푸가 떨어지는 건 정말 싫거든.

그런 인간들도 허리케인이라고 하는 폭풍우는 무서워해. 플로리다에서는 해안과 가까운 육지를 '침수 지역'이라고 불러. 이 말이 무슨 뜻인지 정확히는 모르겠지만 허리케인이 강타했을 때 집들이 빠르게 사라지는 지역을 말하는 것 같아.

허리케인이 몰아칠 때 정말 안타까운 곳은 이동 주택이야. 허리케인 때문에 주택이 엉뚱한 곳으로 이동하니까 말이야. 인간이 조금만 더 똑똑했다면 이동 주택에 날개를 달았을 거야. 그러면 허리케인이 닥칠 때 안전한 지역으로 날아갈 수 있잖아.

나는 허리케인을 딱 한 번 겪었어. 허리케인 조지(1998년 카리브해 연안을 강타-옮긴이 주)였는데, 다른 많은 허리케인과 마찬가지로 조지 역시 아프리카 상공에서 아주 조그만 구름으로 시작했어. 카트리나는 그 즉시 일기예보 채널을 틀었어. 아프리카 상공에 떠 있는 구름이 순식간에 서쪽으로 날아가서, 대서양을 건너는 동안 최악의 5급 허리케인으로 불어나고, 플로리다 반도 남쪽 끝에서 방향을 틀어서, 북쪽으로 몇 백 킬로미터 올라오다가, 갑자기 동쪽으로 방향을 틀어서 사라소타에 있는 우리 집을 강타할 거라고 확신했기 때문이야.

그러면 카트리나는 데니한테 하루에도 몇 번씩 TV 일기예보를 보라고 전화해. 물론 데니는 걱정할 거 조금도 없다고 계속 말하지.

그런데 며칠이 지나자 그 조그만 구름이 대서양 저쪽 한복판에서 수천 제곱킬로미터를 뒤덮는 거대한 하얀색 팔랑개비로 변한 거야. 허리케인 조지는 카리브해로 방향을 틀어서 그곳에 있는 여러 섬이 누더기가 되도록 할퀴더니, 플로리다 반도 끝에서 북쪽을 향해 방향을 틀었어.

그날 오후에 집으로 돌아온 데니는 TV 일기예보 앞에 붙박이가 된 카트리나를 발견했어. TV 화면에 조그맣고 희미하게 보이는 플로리다 바로 옆에는 하얀 괴물이 웅크리고 있었지.

"저게 우리한테 닥치지 않을 거라고 어떻게 장담할 수 있어? 이제 바로 우리 코앞이란 말이야."

카트리나가 묻자, 데니는 이렇게 대답했어.

"카트리나, 저건 착시에 불과해. TV가 작아서 화면이 가운데로 뭉쳐 보이는 거야. 거리 비례가 완전히 엉망이라니까. 그래서 아주 가깝게 보이는 것뿐이야. 실제로 바다는 엄청나게 넓고 저건 아주 조그만 세력에 불과해. 다른 곳으로 갈 가능성이 높아. 우리 쪽으로 올 가능성은 아주 낮다고. 걱정하지 마."

다음 날 새벽 다섯 시에 카트리나는 데니를 마구 흔들어서 깨웠어. 데니한테는 아주 익숙한 일이었지. 그래서 데니는 비틀거리며 거실로 나와 소파에 축 늘어졌어. TV에서는 일기예보가 나오고 있었고.

"이제 어떤 거 같아?"

카트리나가 물었어. 섬뜩할 정도로 차분한 어투로.

데니는 일기예보에 나타난 기상도를 몇 분간 물끄러미 바라보았어. 아나운서가 하는 말도 열심히 들었어. 그러다가 카트리나를 쳐다보곤 말했어.

"저 끔찍한 놈이 우리한테 불어닥칠 것 같아."

일기예보에서는 '조지'가 곧장 우리 쪽으로 다가오고 있으니 어서 다른 지역으로 피신하라는 말이 계속 흘러나오고 있었어. 데니와 카트리나는 전깃불이 켜지면 허둥지둥 피신하는 바퀴벌레들처럼 황급히 움직이기 시작했지. 홍수가 들이닥칠 경우에 대비해 물건을 높은 선반에 올리고 (하지만 내 장난감을 그대로 둔 건 정말 기분 나빠) 창문마다 테이프를 붙이고 자동차에 짐을 가득 실은 다음에 내륙으로 두 시간 달려 들어간 레이크랜드에 모텔을 잡았어.

이제 안전한 거야.

문제는 그날 밤 허리케인이 레이크랜드를 정통으로 때렸다는 사실이지. 물론 나는 평소처럼 욕조로 뛰어들었어. 시끄러운 허리케인 소리를 몰아내기 위해 카트리나는 화장실 환풍기를 틀었지. 마치 로켓이 이륙하는 소리 같았어. 카트리나는 TV도 아주 커다랗게 켰어, 물론 일기예보 채널을. 아나운서들은 허리케인이 북쪽으로 약간 방향을 튼 과정을 설명하면서 방향이 바뀐 게 자기네 잘못은 아니니까 자기네 한테 화내지 말라고 했어. 재미있는 건, 사라소타의 날씨는 아주 완벽했다는 사실이야.

그래서 다음 날 데니는 우리 자동차에 덮인 야자수 잎사귀를 모두 걷어 내고 집으로 차를 몰았어. 카트리나는 물건을 원래 자리로 모두 돌려 놓았고 데니는 창문에 붙인 테이프를 떼어 내기 시작했지. 그런데 테이프가 남긴 끈끈한 물질은 기존의 자연법칙 전체에 반한다는 사실을 발견했어. 결국 데니는 20분 동안 유리창을 열심히 긁어서 이쪽의 끈끈이를 다른 쪽으로 옮겼을 뿐이었어. 그리고 데니는 생전 처음 듣는 말을 중얼거리더니, 앞으로 지붕이 날아가기 전에는 무슨 일이 있어도 대피하지 않겠다고 카트리나한테 말하더군.

하지만 카트리나는 듣고 있지 않았어. 일기예보를 보고 있었거든. 아프리카 연안에 조그만 구름이 생겨나는 중이라서.

겨울이 되면 이곳 사람들 모두가 북부에서 벌벌 떨고 있는 사람들을 놀리기 시작해. 심지어 북부에서 팔십 평생을 살다가 남부로 내려온 지 얼마 안 되는 사람도 TV에 눈 속을 걷다가 넘어지는 사람이 나오면 껄껄 웃으면서 이렇게 말해.

"저런 멍청한 바보들!"

남부 사람들이 또 좋아하는 건 이곳이 얼마나 '추운지'를 떠벌려서 북부 사람들을 더 화나게 만드는 거야. 가령 미네소타가 너무 추워서 전기도 끊길 정도가 되면 그곳 친구들한테 전화해서 이렇게 말하는 식이야.

"어젯밤에는 우리도 겨울 잠바를 꺼내 입고 난로를 피워서 실내를 덥혀야 했어. 바람이 차서 체감온도가 20도밖에 안 돼."

그러면 미네소타 친구들은 '짧은 겨울 방문'을 한답시고 찾아와서 3개월 동안 머무는 식으로 복수하지. 이런 '철새'들은 언제나 한눈에 알 수 있어. 날씨가 쌀쌀하고 흐릴 뿐 아니라 모래바람이 담장 페인트를 벗길 정도로 강하게 부는

데도 해안에서 오후를 보내거든. 북부에 있었다면 그런 날씨에는 해안 근처에는 얼씬도 안 했겠지만 어차피 돈을 들여서 이곳 플로리다까지 왔으니 저체온증이라도 감수하고 약간이나마 선탠을 하고 싶었던 거야.

지금 이 순간에 인간 여러분 머리에 '저체온증 같은 어려운 말을 강아지가 도대체 어떻게 알까?' 하는 생각이 떠오르는 거 나도 잘 알아.

그 정도로 끝내.

열셋

생일 파티

나는 파티가 뭔지 몰랐어. 그런 말은 들어 본 적이 없었거든. 그래서 카트리나가 나를 목욕시키고 열심히 빗질해서 그렇지 않아도 예쁜 나를 더 예쁘게 꾸밀 때 뭔가 이상하다는 생각을 못했어. 하지만 종이 달려 있는 빨간 벨벳 목걸이를 걸어 줄 때 나는 뭔가 좋은 일이 일어날 거란 사실을 직감했지. 카트리나는 친구네 집에 가거나 아주 특별한 곳에 갈 때만 그걸 해 주거든.

우리는 자동차에 올라탔고 나는 데니가 어느 쪽으로 가는지 자세히 살폈어. 동물병원으로 가는 게 아니란 사실을 확인하고 싶었거든. 동물병원은 전혀 특별한 곳이 아니지만 교활하게 머리를 굴린 카트리나가 나를 예쁘게 치장해 병원 냄새를 못 느끼게 만들 가능성도 있잖아. 하지만 데니가 북쪽으로 방향을 트는 순간 나는 마음을 놓았어. 고문실로 가려면 남쪽으로 틀어야 하니까 말이야.

데니는 내가 제일 좋아하는 애견 제과점이 있는 쪽으로 자동차를 몰았어. 이 제과점에서는 쿠키를 비롯한 온갖 종류의 맛있는 음식을 파는데, 유리 진열장을 구경하다가 먹고 싶은 것 앞에서 멍멍 짖으면 돼. (제과점 직원들은 여기서 파는 쿠키를 사람이 먹어도 된다고 자랑하지만 그러면 내 몫이 그만큼 줄어드니까 그건 절대 안 돼!) 여기에는 강아지 옷도 있어서 나는 먹고 싶은 걸 고른 다음에 이리저리 둘러보며 파리와 밀라노의 최신 유행을 살피는 걸 좋아해. 값은 아주 비싸지만 어차피 개한테 입히려고 만든 옷이거든.

데니가 주차하는 동안 나는 제과점으로 쏜살처럼 달려가고 걸음이 아주 느린 카트리나는 뒤에서 질질 끌려왔어. 제과점에 도착하는 순간, 나는 내 눈을 믿을 수 없었어. 정문 유리창에 '바로 오늘이야! 첫 번째 생일을 축하해, 주느비에브!'란 커다란 현수막이 걸려 있었기 때문이야.

생일이 뭐지?

"생일 주인공이 온다!"

우리가 들어가자 누군가가 소리치고 사람들이 환호성을 올리며 손뼉을 치기 시작했어.

그게 뭔지 모르겠지만, 그래, 맞아, 내가 주인공이라고 하자. 아주 좋은 것 같으니까.

그때 나는 얼른 맛있는 음식을 고르고 싶을 뿐이었어. 그런데 카트리나는 나를 자꾸 제과점 뒷마당으로 잡아끌기만 하는 거야. 이 여자가 왜 이러지? 뒷마당은 따분해서 가고 싶지 않아. 나는 발을 바닥에 대고 단단히 버티며 단호하게 거부했어. 내가 제일 좋아하는 제과점에 데려오더니, 이제 아무 것도 못 사게 하려는 거야?

카트리나는 내 엉덩이로 바닥을 청소하고 싶지 않았는지 나를 안아 들고 문을 지나 뒷마당으로 나갔어. 그 순간, 나는 눈앞에 펼쳐진 광경에 눈을 두 번이나 껌뻑거렸어. 리본과 현수막과 풍선으로 예쁘게 장식한 아담한 정원에 인간이랑 개들이 가득한 거야. 사람들이 "깜짝 놀랐지, 주느비에브! 생일 축하해!" 하고 소리치고 개들도 짖어 댔어.

그리고 누가 있었게! 우리 엄마 클로에랑 샤론, 그리고 아빠가 다른 언니들 세실리랑 엠마, 그리고 우리 아빠 캘빈도 왔어. 나랑 비슷하게 생긴 강아지도 몇 마리 있었는데, 엄마가 낳은 동생들이라고 나중에 들었어. (안타깝게도 하이디랑 헌터는 너무 멀리 이사해서 올 수가 없었대.) 그리고 내가 모르는 사람들도. 나는 황급히 바닥에 내려와서 모든 손님을 일일이 반겼어. 아, 나는 파티가 너무나 좋아!

나는 이리저리 뛰어다니며 모두에게 키스했어, 심지어 아빠 캘빈한테도. 아빠도 나랑 만난 걸 기뻐하는 것 같긴 한데, 그 자리에 참석한 다른 여자 강아지들한테 더 관심이 많은 것처럼 보였어, 특히 엄마 클로에한테. 내 생일 파티에 와서도 쉴 줄을 몰라. 바람둥이 늙은이 같으니라고. 앞으로도 전혀 안 변할 거야. 그런 바람둥이를 엄마가 아는 척하는 이유를 나는 이해할 수가 없어. 내 남자친구 발리라면 절대로 나를 두고 딴 여자랑 놀아나지 않을 텐데.

인간들도 서로 소개하고 대화를 나누며 우리만큼이나 재미있게 지냈어. 그러면서 데니랑 카트리나가 나한테 생일 파티를 열어 주기로 한 건 정말 훌륭한 생각이었다고 계속 말했어. 내 생각도 그래. 조만간 이런 파티를 또 얼이야겠어.

멋진 남자 인간이 내 파티를 비디오에 담으려고 오면서 자기 개도 데리고 왔어. 이름이 럭키야. 예전에 귀머거리에다 장님에다 절뚝발이인 개에 대한 농담을 들은 적이 있는데 그 개 이름이 바로 럭키였어. 하지만 파티에 참석한 럭키는 눈만 멀었으니까 똑같은 개는 아닌 게 분명해. 럭키가 계속 혼자 앉아 있기에 나는 그런 럭키가 불쌍해서 옆으로 다가가서 키스했거든. 그런데도 으르렁대면서 날 위협한 걸 보면 내가 얼마나 예쁜지 볼 수 없었던 걸 거야.

바로 그 순간에 엄마 클로에가 샤론의 무릎에서 뛰어내려 우리한테 달려왔어. 엄마는 나를 이리저리 핥아서 괜찮다는 사실을 확인한 다음에 럭키를 야단치기 시작했어. 그렇게 많은 시간이 지났는데도 우리 엄마가 여전히 나를 사랑한다는 것을 알고 기분이 너무 좋았어. 물론 아빠 캘빈은 이 모든 일에 아무 관심도 기울이지 않았지. 자기 딸만큼이나 어린 여자를 (사실 진짜 자기 딸인데 말이야) 쫓아다니느라 정신이 없었거든.

일일이 인사하러 뛰어다니다 보니 배가 고프더군. 그래서 생일 케이크 두 개를 가져오는 제과점 아가씨가 너무 고

마웠어. 이제 맘껏 먹는 시간이다! (케이크 두 개 중에 간을 올린 케이크 하나만 우리 개들 몫이란 사실을 나중에 알고 나는 정말 화가 났어.) 그런데 그 여자가 내 케이크에다 막대기를 꽂고 불을 붙이는 거야. 왜 내가 입도 대기 전에 케이크에다 불을 지르는 거야? 그런데 카트리나가 사람들이 사진을 찍을 수 있게 나를 들어서 케이크 옆에 놓았어. 나는 이리저리 꿈틀거렸지, 카트리나가 나를 케이크에다 떨어뜨리기만을 바라면서.

그런데 이번에는 모두가 노래를 부르기 시작하는 거야. 나한테 노래를 불러 주는 것 같은데 나는 관심을 기울이지 않았어. 오로지 케이크에만 정신이 쏠려 있었거든. 한 가지 확실한 건 내가 평생 들어 본 것 가운데 가장 긴 노래였다는 거야. 이것 역시 내가 결코 이해할 수 없는 인간의 특징 가운데 하나야. 음식을 앞에 놓고 곧장 달려드는 대신 서로 유리잔을 부닥치고 연설을 하고 노래까지 부르는 이상한 행동을 하니 말이야. 일단 우리 개들 앞에 음식을 놓았으면 입 다물고 뒤로 물러나는 편이 좋아.

마침내 사람들이 노래를 끝내고 카트리나는 나에게 소원을 빌라고 말했어.

소원? 좋아, 저 지옥의 불을 끄고 나를 저 케이크에다 내려놔!

카트리나는 촛불을 훅 불어서 껐는데 나는 케이크로 날아가는 침 한 방울을 발견했어. 나는 침이 날아간 지점을 확인하고 그 부위를 절대 먹으면 안 된다고 다짐했어. 카트리나가 케이크를 자르기 시작했어, 다행히도 괜찮은 부분부터. 그리고 종이 접시에 담아서 내 앞에 내려놓았어. 아, 정말 맛있었어. 앞으로는 매 끼니마다 생일 케이크만 먹어야 할 것 같아. 모두가 나를 쳐다보고 있었어, 내가 좋아할지 싫어할지 모르겠다는 표정으로.

'하나 더 줘, 더 커다란 조각으로, 그러면 내가 확실히 보여 줄 테니까.'

강아지 손님 모두가 케이크를 좋아했어, 아빠 캘빈만 빼고. 아빠는 여자들을 집적거리느라 바빠서 먹는 데 신경 쓸 여유조차 없었어. 그래서 내가 아빠 몫까지 먹었지. 인간들도 자기네 케이크를 먹기 시작했지만 간을 얹어 놓지 않아서 아무 맛도 없을 것 같았어. 하지만 그들이 내 케이크에 손대지 않기만 하면 나는 그들이 뭘 먹든 상관없어.

“이제 선물을 엽시다.”

누군가가 말했어. 카트리나는 나를 자기 무릎에 앉혔고 앞에는 색종이로 싸서 안에 있는 걸 볼 수 없게 만든 상자 꾸러미가 쌓여 있었어. 카트리나는 첫 번째 상자를 들어서 나한테 킁킁 냄새를 맡게 했어. 음식 냄새가 아니어서 나는 그다지 마음에 들지 않았어. 카트리나가 종이를 뜯고 상자를 열자 조그만 스웨터가 나왔어. 카트리나가 그걸 내 머리랑 앞발에 끼워 넣기에 나는 내 스웨터인가 보다고 생각했지. 나는 그 전에는 옷을 입어 본 적이 한 번도 없었어. 따뜻하고 좋긴 한데, 그걸 입고 있으면 내가 너무 인간처럼 보이지 않을까 걱정스러웠어. 그런데 모두 아주 예쁘다고 말해서 나는 그렇다면 괜찮은 것 같다고 생각했어.

두 번째 상자에서는 내가 ‘눈송이’라고 부르는 하얀 곰 인형이 나왔어. ‘눈송이’는 나보다 커. 눈송이랑 레슬링도 하고 코를 깨물기도 하면서 노는 건 재미있어. 나중에 그 코를 뜯어내면 훨씬 보기가 좋을 것 같아. 남동생 스팍 사진이 담긴 조그만 액자도 나왔어. 스팍은 내 밑으로 태어난 동생인데 나랑 아주 비슷하게 생겨서 나는 그 사신이 마음에 들

었어. 그 다음엔 생일 파티에 참석한 모두가 축하의 말을 적
어 놓은 커다란 사냥개 인형이 나왔어.

선물 꾸러미를 모두 열어 본 다음에는 본격적인 놀이가
시작되었어. 첫 번째 놀이는 인간이 발명한 '쿠키 잡아먹기'
라는 이상한 놀이였어. 제과점 아가씨가 나한테 맛있는 쿠키
냄새를 맡게 하더니, 내가 그걸 먹으려는 순간에 물그릇에
떨어뜨리더라고. 나는 그 아가씨가 실수한 거라고 생각했어.
하지만 맛있는 쿠키를 그렇게 버리고 싶지 않아서 사발 속에
다 얼굴을 밀어 넣고 그걸 먹으려고 했지. 물이 코로 들어와
서 짜증이 나더군.

그래서 내가 사발을 발로 차서 쿠키를 꺼내려 하니까 사
람들이 폭소를 터트리기 시작했어. 그러다 보니 어차피 축
축하게 젖은 걸 먹기가 싫어져서 그냥 포기하고 말았어. 스
팍도 한동안 애쓰더니 결국 포기하더군. 나머지 가족은 우
리가 실패한 걸 보더니 놀이에 아예 끼어들지 않았어.

두 번째 놀이는 '의자에 먼저 앉기' 놀이였어. 인간이 각
자 자기 개를 안고 움직이는 건데, 인간이랑 개는 여덟 쌍이
지만 의자는 일곱 개만 놓여 있는 거야. 그래서 음악이 시작

되면 모두가 의자 주변을 돌다가 음악이 끝나는 순간에 아무 의자에나 앉는 거지. 그런데 가만히 생각해 봐. 숫자가 안 맞잖아. 인간들이 언제나 그렇게 멍청한 생각만 하는 이유를 나는 도무지 모르겠어.

하지만 나는 어차피 놀이를 해야 한다면 꼭 이기고 싶었어. 그런데 불행하게도 데니가 파트너였기 때문에 나는 이길 가능성이 거의 없다는 사실을 깨달았어. 여러분도 알다시피 데니는 행동이 아주 굼뜨거든. 데니가 재빠르게 움직인 건 내가 거실에서 뱀을 발견한 날 저녁이 유일해. 당시에 데니는 소파에 누워서 TV를 보고 있었어. 그런데 나는 구석에 있는 뱀을 발견하고 그 사실을 알려 줘야 한다고 생각했어. 그래서 뱀한테 멍멍 짖어 대기 시작했지.

하지만 데니는 아무 관심도 기울이지 않았어. 내가 바깥에서 난 소리를 듣고 멍멍 짖는다고 생각한 것 같아. 왜 그런지 모르겠지만 데니랑 카트리나는 집에만 들어오면 바깥 세상에 전혀 관심이 없어지는 것 같아. 하지만 나는 달라. 식물 이외의 살아 있는 생명체가 우리 집 마당 1킬로미터 이내에 절대 들어오면 안 된다는 게 내 신소서든.

나는 계속 짖어 댔어. 그랬더니 마침내 데니가 짜증스러운 말투로 묻는 거야.

"주느비에브, 뭔데 그래?"

그러고는 소파 등받이 너머로 나를 바라보았어. 나는 뱀을 쳐다보며 더 열심히 짖었지. 마침내 뱀을 발견한 데니는 날렵한 닌자처럼 소파 위로 날아올랐어. 그리고 재빨리 뛰어가 커다란 빗자루와 상자를 가져오더니 뱀을 상자에 조심스럽게 쓸어 담은 다음에 상자째 밖으로 던져 버렸어.

그런 다음에 천장에 달라붙은 카트리나를 떼어 냈지. 카트리나는 숨이 돌아와 말을 할 수 있게 되자마자 지금 당장 앨라배마로 다시 이사한다고 선포했어, 데니가 집안을 다 뒤져서 다른 뱀이 없다는 걸 분명하게 밝히지 못한다면 말이야. 그런데 뱀은 한 마리도 없었어, 먼지 덩어리 몇 개를 찾은 게 전부였지.

하지만 나는 데니가 그렇게 빨리 움직이는 걸 두 번 다시 못 봤기 때문에 '의자에 먼저 앉기' 놀이에서 이길 거라는 희망도 거의 품지 않았지. 음악이 시작되고 우리는 빙글빙글 돌았어. 텅 빈 의자 하나를 지나칠 때마다 나는 점점 불안해졌어. 그런데 데니가 아주 흔치 않은 지혜를 발휘해서 의자 하나를 집어 들고 다닌 거야. 하지만 모두가 데니한테 고함을 질러 대는 바람에 결국에는 다시 내려놓을 수밖에 없었지.

음악이 갑자기 멈추자 사람들이 우르르 달려드는 것 같았는데 다시 쳐다보니 모두가 의자에 앉아 있는 거야. 우리만 빼고. 나는 도저히 믿을 수 없었어. 내 파티에서 데니 때문에 내가 패자가 된 거야. 차라리 우리 강아지들끼리 시합했어야 하는 건데 말이야. 나는 데니한테 어서 내려놓으라며 발길질을 했어. 이런 멍청한 놀이에는 더 이상 끼고 싶지 않았어. 생일 케이크나 한 조각 더 먹었으면 했어. 내가 구석으로 물러나서 맘껏 먹는 동안 누군가가 시합에서 이겼어. 하지만 그게 누군지 알려 줄 수는 없어, 이미 관심을 끈 상태였기 때문이야.

조금 후에 손님들이 떠나면서 모두 나한테 생일 파티가 정말 재미있었다고 인사했어. 나는 슬펐어. 생일 파티를 끝내고 싶지 않았거든. 나는 제과점 아가씨한테 작별인사를 하고 집으로 차를 몰았어. 아주 피곤한 데나 배도 불러서 데니한테 혼자 자동차를 몰게 하고 나는 데니 무릎 위에 웅크려서 생일 낮잠을 잤지.

몇 주일이 지난 다음에 제과점에 다시 가면서 나는 잔뜩 흥분했어. 또 파티를 하는구나! 하지만 창문에 생일 파티 현수막이 없는 거야. 약간 걱정이 되더라고. 나는 제과점에 들어가자마자 뒷문으로 달려가서 문을 열심히 긁어 댔어. 그곳에서 일어나는 일을 단 하나도 놓치고 싶지 않았거든. 하지만 데니가 문을 열어 줘서 안에 들어갔을 때 뒷마당은 황량했어. 풍선도 없고, 깃발도 없고, 사람도 없고, 개도 없고…….

한마디로……, 파티가 아닌 거야. 나는 믿을 수가 없었어. 데니는 생일 파티는 1년에 한 번만 하는 거라고 설명해 주었어. 그래도 나는 왜 일주일에 한 번씩 생일 파티를 하면 안 되는지 도저히 이해할 수가 없어.

인간들은 뭐든 엉망진창으로 만드는 게 특기라는 걸 내가 깜빡 잊었던 거야.

열넷

애견 공원 에티켓

지금까지 인간 정부에서 이룩한 가장 훌륭한 업적
은 수많은 도시와 마을에 애견 공원을 만든 거야. 의심할 여
지가 없어. 애견 공원은 울타리를 두른 넓은 공간에서 개들
이 마음껏 뛰어노는 동안 우리가 데려온 인간은 한쪽에서
우리를 부러운 눈으로 쳐다보도록 만든 곳이야. 마치 개들
이 모여서 칵테일파티를 즐기는 것 같지.

카트리나가 그곳에 날 처음 데려갔을 때 나는 차창 밖을
내다보자마자 한눈에 반했어. 드넓은 녹색 풀밭 여기저기를
개들이 풀쩍풀쩍 뛰어다니면서 멍멍 짖고 왈왈거리며 재미
있게 노는 거야. 천국 같았어! 개들이 데려온 인간들이 쓸데
없이 간섭하는 일도 없고 말이야.

나는 그 모습이 너무 좋아 보여서 당장 달려가고 싶었어. 그래서 자동차가 빨리 달리도록 계기판에다 발을 굴렀어. 카트리나랑 데니가 속도를 높이기 위해 어디를 누르는지는 아직까지 모르지만 내가 알기만 하면 자동차 속도도 훨씬 빨라질 거야.

이윽고 카트리나가 자동차를 주차시키고 나를 품에 안아서 울타리가 있는 곳으로 데려갔어. 안으로 들어가려면 울타리에 난 문을 지나야 해. 그 문으로 들어가는 순간, 나는 내가 왔다는 사실을 알리려고 사이렌에 버금가는 소리를 내질렀어. 그런데 그 소리가 너무 컸나 봐. 개들이 우리한테 우르르 달려온 탓에 불쌍한 카트리나가 바보처럼 겁에 질리고 만 거야. 카트리나만큼이나 커다란 개도 몇 마리 있어서 충분히 이해할 수 있긴 했어. 몰려온 개들은 나를 살피면서 수작을 걸었지만 나는 가볍게 받아넘겼어. 남자친구가 있다고 해서 뻣뻣하게 굴어야 하는 건 아니잖아.

카트리나가 근처에 있는 피크닉 탁자로 향하자 나를 숭배하는 엄청난 무리가 그 뒤를 졸졸 쫓아왔어. 카트리나가 나를 그대로 껴안은 재 앉는 순간, 코뿔소만큼 커다란 개가

다가와서 내가 볼일 보는 곳에다 코를 대고 킁킁거리기 시
작하는 거야. 나는 한동안 그대로 두었어. 다정하게 구는
게 나쁜 건 아니니까. 그런데 그가 나에 대해 너무 많은 걸
파악하고 지나치게 친근하게 군다는 생각이 들었어. 그래서
나는 그 커다란 얼굴로 확 달려들며 으르렁거렸어.

그 개는 너무 놀란 나머지 뒤로 주춤하다가 하마터면 꼬
꾸라질 뻔했어. (커다란 개들은 우리 조그만 개를 두려워해. 우리가
태권도라도 한다고 생각하나 봐.) 하지만 내 행동이 약간 지나쳤
는지 다른 개들도 깜짝 놀라며 서로 으르렁대기 시작했어,
나랑 카트리나한테도. 몇몇 인간이 헐레벌떡 달려와서 강아
지로 위장한 소를 움켜잡으며 사과하고 급히 끌어갔어. 나
는 멀어지는 그들한테 대고 왕왕 짖었어. 또다시 다가와서
우리를 귀찮게 하면 어떻게 되는지 알려 준 거지.

그런데 실망스럽게도 카트리나 역시 울타리에 난 문으로
후퇴했고 내 추종자들은 울타리 저편에서 구슬프게 울었지.
카트리나는 집에 도착하자마자 공원 관리국에 전화해서 커
다란 개들이 사고를 내기 전에 조그만 개들을 따로 분리시
켜야 한다고 주장했어. 그런데 마침 공원 관리국에서도 카

트리나랑 비슷한 항의 전화가 빗발쳐서 이미 그에 따른 조치를 준비하는 중이었던 거야.

몇 개월 후에 카트리나랑 나는 조그만 개들을 위한 구역이 따로 생겼다는 걸 알리는 개관식에 참석해서 정치인을 비롯해 다양한 참석자를 만났어. 그들은 우리 조그만 강아지들이 아주 강력한 로비 집단이란 사실을 미처 모르고 있었던 게 분명해. 하지만 우리를 존중하고 행복하게 만들기 위해 애쓰는 편이 좋을 거야. 우리는 기억력이 좋고 선지는 계속 찾아오니까 말이야.

어쨌든 이제 우리 조그만 개들만 들어갈 수 있는 구역이 생겨서 우리는 커다란 개들한테 깔릴 걱정 없이 마음껏 뛰놀 수 있게 되었어. 우리가 제일 좋아하는 놀이 중 하나는 두 구역을 나누는 울타리에 모여서 저쪽의 거구들을 놀리는 거야. 우리가 멍멍 짖어 대도 덩치만 커다란 멍청이들은 가만히 앉아서 쳐다보기만 해. 튼튼한 울타리가 용감한 이웃을 만드는 것 같아.

그러다 보면 커다란 덩치들이랑 울타리 사이로 오줌 싸기 시합을 할 때도 있어. 우리는 비록 양이 석지만 사주 싸는 편이거든. 하루는 불쌍한 데니가 울타리에 등을 기대고 있었는데 커다란 개 한 마리가 그걸 보고 자기한테 오줌 싸기 도전을 한다고 생각한 것 같아. 그래서 커다란 개가 먼저 공격해서 데니의 양말과 새로 산 운동화를 완벽하게 적셔 버렸지. 데니는 당황해서 어쩔 줄을 몰랐어. 공원 수돗가에서 데니는 신고 있던 걸 모조리 벗어 최대한 철저하게 닦아 냈어. 그러고도 집에 돌아와서 호스를 틀고 수압을 이용해 신발을 다시 닦았지. 그런 다음에 햇볕에 말리면서 신발에 투자한 돈이 날아가지 않기만을 기도했어.

다음 날 신발이 말랐어. 하지만 구린내가 너무 심해서 결국에는 신발 세탁소에다 전화할 수밖에 없었지.

❧

애견 공원에 가려면 우선 애견 공원 에티켓부터 익혀야 해. 내가 특강을 할 테니까 잘 들어 둬.

문에 들어서자마자 곧장 달려가서 무리에 합류하는 건 예의가 아니야. 문가에 가만히 서서 주변 상황을 판단해야 돼. 오랜 친구가 와 있나? 보기 싫은 개가 있는 건 아니겠

지? 멀찌감치 떨어져 있어야 할 (잭 러셀 테리어 같은) 미친개
는 없나? 평범한 개들(똥개)인지 아니면 점잖은 개들(순종)
인지? 로맨스를 즐길 만한 상대는 있는지? (예를 들어서 나는
돈 많고 늙은 개를 항상 눈여겨보고 있어.)

일반적으로 개들은 무리 지어 있다가 새로운 개가 나타
나면 항상 반기며 달려와. 그래서 몇 초 동안 이리저리 핥으
며 냄새를 맡지. 하지만 나는 그런 게 싫어. 핥고 킁킁거리
기라면 당하는 쪽이 아니라 하는 쪽이고 싶거든. 하지만 애
견 공원에서 그건 일종의 입장료인 셈이기 때문에 꾹 참을
수밖에 없어.

그렇게 소개 과정이 끝나면 이제 마음대로 어울려도 돼.
일반적으로 나이에 따라서 파벌이 형성되는데, 젊은이들은
이리 뛰고 저리 뛰고 서로 열심히 쫓아다니면서 레슬링 시
합을 해. 그러면 늙은 개들은 젊은 개들이 앞으로 어떻게 될
지 걱정스럽다는 표정으로 안쓰럽게 바라보지.

나는 애견 공원에서 온갖 유형의 개들을 다 만났어. 도그
쇼에서 우승한 아름다운 개들, 어질리티(애견과 핸들러가 한
팀을 이루어 정해진 장애물을 최소의 실수로 최단 시간에 통과하

여 승부를 가리는 애견 스포츠—옮긴이 주) 챔피언인 날렵한 개들, 노인이나 병자를 웃게 만드는 일을 하는 치료 도우미 개들, 밤에 열심히 짖어 대야 하는 경비견들, 인간들이랑 사냥을 가야 하는 노동자 사냥개들.

공원에 온 사람들은 내가 책을 쓰는 유명한 개란 사실을 알아채고 발로 사인을 해 달라고 할 때가 많아. 물론 나는 기꺼이 해 주지, 그들이 '옥션'에다 그걸 팔 거란 의심만 안 들면.

애견 공원은 인간을 연구하기에 아주 좋은 장소야. 어떤 인간들은 혼자 있고 어떤 인간들은 금세 친구를 사귀어. 논쟁을 벌이는 인간도 있지. 10킬로그램이 넘는 개는 조그만 개 구역에 들어가지 말아야 하는데도 체중을 속여서 들어오려고 하면 인간들 모두가 그 개랑 같이 온 인간한테 야유를 보내. 내가 보기에는 조그만 인간 구역과 커다란 인간 구역도 있어야 할 것 같아. 그러면 싸움이 일어나도 최소한 서로 덩치는 비슷할 거 아냐.

미혼 인간 남녀들은 그 공원이 이성을 만날 수 있는 아주 좋은 장소라고 하지만, 나는 최근에 아주 슬픈 장면을 보았어. 한 여자와 한 남자가 공원으로 오면서 대화를 나누기 시작했는데, 두 사람은 서로한테 코를 대고 킁킁거리고 싶어 하는 표정이 또렷했어. 하지만 남자는 커다란 로트와일러를 데려왔고 여자는 조그만 요크셔테리어를 데려왔기에 결국 두 사람은 헤어질 수밖에 없었지. 로미오와 줄리엣까지는 아니지만 정말 비극적이었어.

개마다 성격이 모두 다르다는 말이 의심스러우면 애견 공원에 가 봐. 어떤 개는 인간 옆에 바싹 달라붙어서 다른 개랑 놀려고 하지 않지만 어떤 개는 목줄을 풀어 주는 순간 미친개처럼 뛰어다녀. 또 어떤 개는 다른 개한테 푹 빠져서 오후 내내 정신없이 쫓아다니고, 벤치 밑에 숨어 있다가 누구든 근처에 다가오면 대뜸 물어 버리는 개도 있지.

이런 걸 보면 우리도 인간이랑 별 차이가 없는 것 같아.

어질리티 챔피언

사람들은 나한테 어질리티 훈련을 받을 거냐고 자주 물어. 물론 아니야. 나는 따로 훈련 같은 건 받을 필요가 없어. 바로 우리 집에 아주 멋진 코스가 있거든. 개들이 진짜로 어질리티 시합을 하는 그 어떤 코스보다도 힘든 코스야. 게다가 어질리티를 하는 선수 개들은 그냥 아무런 목적 없이 시합만 하는 것 같아. 온 힘을 다해서 달리고 뛰고 누비지만 출발한 지점으로 돌아오면 끝이잖아. 물론 좋은 선물을 받을 순 있겠지. 그런다고 기분이 좋을까?

하지만 내가 어질리티 연습을 하는 건 그럴 만한 아주 확실한 이유가 있어서야. 내가 제일 좋아하고 효과도 뛰어난 운동을 소개할게.

담요 터널 통과하기

이건 침대에서 자는 개라면 누구에게나 절대적으로 필요한 운동이야. 가령, 담요 위에서 맛있게 졸고 있는데 약간 추워지거나, 누군가가 쓰다듬으려 하거나, 불빛이 너무 밝다고 해 봐. 그럼 일어나서 코를 담요나 시트 밑에 집어넣고 머리를 위로 재빨리 젖히며 안으로 들어가는 거야. 그렇게 담요 밑으로 몇 센티미터 들어간 다음에 또다시 그렇게 하고. 이런 식으로 계속 움직이다가 완벽한 보금자리를 찾으면 편하게 엎드려서 다시 맛나게 자는 거지.

침대에서 뛰어내리기

여러분의 반려인간이 우리의 품위를 유지하기 위해 일터에 나가야 하는 사람이라면, 아마 동틀 녘에 일어나야 할 거야. 그렇다고 해서 이렇게 비인간적인 시간에 우리까지 일어날 필요는 전혀 없어. 자기네끼리 더듬더듬 움직이고 여기저기 부닥치며 샤워하고 옷을 입도록 놔 둬. 우리는 느긋하게 다시 잠들면 되는 거야. 하지만 냉장고 문이 열리고 그릇을 딜거덕거리는 소리기 들리는 순간, 재빨리 움직여야

해. 그 즉시 부엌에 우리가 나타났음을 알리는 게 아주 중요
하거든.

이런 순간에는 기지개를 켜거나 침대에서 천천히 내려오
면 안 돼. 단숨에 뛰어내려서 바닥에 발이 닿는 순간에 이미
달리고 있어야 해. 아직 어린 강아지일 경우에는 아마 인간
이 '침대에서 그렇게 뛰어내리면 다리를 다칠 테니 먹을 걸
줄 때까지 가만히 기다리라'고 설득할 거야. 그런 말에 넘
어가면 안 돼. 우리가 늦게 나오는 틈을 타서 아침을 다 먹
어 치우려는 속임수에 불과하거든. 만일 인간이 침대에서
내려 줄 때까지 기다리라고 계속 고집을 부리면, 그들한테
부엌에 들어가기 '전'에 그렇게 하라고 해. 그래도 그렇게
하지 않으면 침대에다 약간의 사고를 쳐서 그들 때문에 그
런 거란 사실을 충분히 느끼도록 만들어.

네발 이단 앞차기

부엌에 들어가면 조리대에서 아침식사를 준비하는 인간
들이 보일 거야. 그러면 그들 바로 뒤로 살그머니 다가가.
그리고 이제 공중으로 뛰어오르며 네발로 인간의 다리를 뺑

차는 거야. 여기에서 중요한 건 몇 분 동안 계속, 최소한 1초에 한 번씩 그렇게 해야 한다는 거야. 발길질을 확실히 해서 포인트를 주는 게 제일 중요해. 높은 곳을 찰수록 효과도 좋아. (인간은 무릎 뒤에 신경이 있어서 그 지점을 제대로 차면 다리가 푹 꺾이거든. 한번 실험해 봐, 물론 책임은 각자 지도록 하고.)

이단 앞차기를 잘하는 개는 부엌 수납장을 몇 차례 차는 것도 좋아. 인간의 다리 대신 수납장 같은 주방 시설을 여러 번 차는 거야. 식기세척기나 가스레인지를 차면 아주 그럴싸한 소리가 나. 인간이 아침을 나눠 줄 때까지 계속 그렇게 차 봐. 인간들은 이른 아침에 특히 예민하기 때문에 우리가 화를 내면 그 어느 때보다 쉽게 무너지는 경향이 있어. (만약 사료를 주려고 하면 그냥 무시하고.)

인간 끌고 달리기

인간이랑 산책을 나가기 전에 목줄이 상대의 손에 단단히 붙들려 있는지 꼭 확인해. 그래야 밖으로 나가서 우리가 바라는 곳으로 인간을 끌고 다닐 수 있어. 절대 인간이 앞장시게 하지 마. 그렇게 되면 상대는 우리를 별 볼일 없는 따분한 곳으로 데려가려고 하거든. 인도나 보도 같은 곳 말이야. 재미있는 산책을 하느냐 못 하느냐는 우리 스스로에게 달려 있어.

덤불 속으로 머리를 디밀어서 냄새를 맡고 싶으면 인간을 그쪽으로 끌고 가. 인간이 저항하면 몸을 낮춰서 뒷다리를 최대한 단단히 디뎌. 앞발은 땅에서 쉽게 떨어지거든. 이런 일은 최대한 피해, 앞으로 잡아끄는 힘이 떨어지니까 말이야. 어쩌면 아직 덩치가 작아서 인간을 질질 끌기 힘들다고 생각할 수도 있어. 하지만 그렇지 않아. 내가 데니랑 카트리나를 파란 잔디 위에서 여기저기로 확 잡아채는 걸 본다면 3에서 5킬로그램에 불과한 체중으로도 아주 강력한 힘을 낼 수 있다는 사실을 알게 될 거야.

얼굴 장애물 넘기

인간이 소파에서 TV를 보다가 곯아떨어지면 우리가 제대로 운동할 기회가 찾아온 거야. 최소한 열 걸음 뒤에서부터 힘차게 달리다가 붕 뛰어올라서 인간의 배에 그대로 떨어져. 인간은 우리가 지금 막 뺏어 간 숨을 되찾으려고 몸부림

치며 일어나기 시작하겠지. 그러면 상대가 완전히 일어나기 전에 가슴 위를 재빨리 달려서 얼굴을 밟고 넘어 가. 여기에서 중요한 건 네발로 최소한 한 번 이상 얼굴에 충격을 줘야 한다는 거야. 닿지 않은 발이 있으면 그만큼 점수가 깎여.

발톱 풍차 돌리기

이 동작은 인내심과 균형 감각이 중요해. 인간이 우리가 하는 말을 안 듣고 무시할 때 이 동작을 사용하면 좋아. 예를 들어서 나는 데니가 기타를 치려고 할 때 발톱 풍차 돌리기를 해. 뒷다리로 일어나 앞발 발톱을 쭉 뽑아서 인간의 다리 피부 몇 센티미터 속에 들어 있는 아주 중요한 물건을 파낸다고 생각하는 거야. 제대로 하면 할퀸 자국이 예쁘게 생길 거야. 물론 너무 깊이 파서 피까지 나지 않도록 조심하고. 그러면 여러분의 반려인간은 하던 일을 멈추고 오직 우리한테만 집중하겠지.

부웅 달리기

부웅 달리기만큼 재미있는 건 아마 거의 없을 기아. 집

안 어디에서든 부웅 달리기를 할 수는 있지만 나는 거실이 제일 좋은 것 같아. 거실엔 온갖 장애물이 있잖아. 부웅 달리기를 제대로 하려면 처음부터 두 귀를 뒤로 젖히고 꼬리를 내려서 최대한 빨리 달려야 해. 공기 저항을 줄이기 위해 자세를 약간 낮춰야 할 때도 있어. 소파를 넘고 의자랑 탁자 밑을 지나고 전등을 지나서 조금도 속도를 줄이지 말고 달리는 거야. 벽 바로 앞에서 빠른 턴을 해야 할 때는 벽면을 발판처럼 딛고 올라서면서 몸을 돌리는 게 효과적이야. 달리다가 속이 메스껍거나 숨이 찰 때 멈추면 돼.

언제 부웅 달리기를 해야 하느냐고? 그건 전적으로 우리에게 달려 있어. 나는 테니스공이 주변에 너무 많이 널려 있을 때나 무언가를 훔쳐서 누군가한테 쫓길 때, 혹은 누가 나를 놀리면서 "너 잡으러 간다, 주느비에브."라고 말할 때 해.

한 가지 충고하고 싶은 말……. 응가를 하고 싶을 때는 부웅 달리기를 하지 마.

초음속 기어가기

나는 일상의 압박에서 벗어나고 싶을 때 소파 밑에 숨는 걸 좋아해. 하지만 소파 밑에 있는 틈은 높이가 8센티미터에 불과하기 때문에 배를 납작하게 붙여서 털북숭이 팬케이크 같은 모양으로 기어야 해. 평상시에는 너무 좁아서 그 밑으로 제대로 기어가는 데 1분이나 걸려. 하지만 이런 건 아무 문제가 안 돼. 나한테 남아도는 건 시간밖에 없거든. 하지만 일단 그 밑에 들어갔는데 누군가가 부엌으로 들어가는 소리가 들리면 그 많던 시간이 순식간에 사라지고 나는 일분일초가 급해져. 내가 초음속 기어가기를 하는 건 바로 이럴 때밖에 없어. 아주 힘들고 위험하거든. 이때 내 모습을 느린 동작으로 찍으면 내가 소파 밑에서 날아가는 4단 로켓 엔진이 달린 미사일처럼 보일 거야. 부엌까지 들어가는 시간이 3초가 채 안 걸리니까 말이야. 행동이 느리거나 나이가 많은 개는 부엌에 항상 눌어붙어서 이렇게 움직여야 하는 상황 자체를 만들지 않는 게 좋아.

멍멍 짖으며 앞다리 굽혀 펴기

인간들은 집 밖에서 무슨 소리가 나면 우리가 알아서 처리할 거라고 생각해. 무엇보다 인간은 소리도 제대로 못 듣고 우리처럼 귀를 쫑긋 세울 수도 없으니까. 하지만 더 나쁜 건 그들이 바깥에서 나는 소리를 들어도 "신문 배달 아니면 청소 트럭이나 바람 소리일 거야." 하면서 너무 대수롭지 않게 넘긴다는 거야.

하지만 우리는 그러지 않아. 밖에서 무슨 소리가 나면 나는 우주에서 제일 거대하고 추악하며 거기다 개를 잡아먹기까지 하는 괴물이 나타났다고 생각해. 그래서 그렇지 않다는 사실이 밝혀지거나 그 괴물이 자기가 온 곳으로 돌아갈 때까지 계속 짖어 대는 거지.

이런 순간에 필요한 게 멍멍 짖으며 앞다리 굽혀 펴기야. 머리를 뒤로 젖혀서 날카로운 소리를 내질러. 앞다리를 살짝 굽히고 엉덩이에 힘을 꽉 주면서 자세를 잡아. 최소한 한 시간 반은 이렇게 하고 있을 수 있어야 해. 그리고 위험이 지나간 다음에도 몇 분 간격으로 으르렁거려서 그 끔찍한 괴물한테 우리가 여전히 경계하고 있다는 사실을 알려 주도록 해. 인간이 정말 고마워할 거야, 한밤중에 그런 식으로 구해 주면 특히 더.

열여섯

인간도 생각을 해?

인간이 과연 생각을 하느냐 아니냐에 대한 문제는 견공 철학자들 사이에서 수천 년 동안 논란거리가 되어 왔어. 예를 들어, B.S(Before Snoopy, 스누피 이전) 576년경에 현자 파이도는 이런 글을 남겼지.

인간이 기본적으로 우리와 비슷한 유형의 고통과 감정을 느낀다는 사실은 의심할 여지가 없다. 아마 우리 대부분은 일생에 한 번쯤은 인간을 물고 나서 그 때문에 커다란 죄책감을 느낀 경험이 있을 것이다. 우리가 이렇게 죄책감을 느끼는 이유는 이 불운한 생명체가 우리와 비슷한 유형의 고통을 겪는다는 사실을 이미 알고 있기 때문이다.

그러나 인간에게 생각할 능력이 있느냐 없느냐 여부는 전혀 다른 문제이다. 인간과 함께 살아 온 우리들은 인간이 또렷한 자의식이나 목적성 없이 행동한다는 사실을 잘 알고 있다. 그럼에도 불구하고, 인간이 동물적 본능이라거나 생물학적인 반응이라고는 생각할 수 없는 너무나 멍청한 짓을 저지를 때 우리는 뒤로 한발 물러나서 이 생물을 경이로운 눈으로 바라보게 된다. 그렇다, 친애하는 견공 동지여, 바로 그 순간에 우리는 인간이란 존재가 원초적인 형태의 사고력을 지니고 있다는 결론을 내릴 수밖에 없다.

이 문제를 다루려면 우선 사고력을 정의해야 돼. 사고력의 특징 가운데 하나는 자의식, 즉 주변 세계와 주체적으로 교류하는 자신에 대한 인식이야. 예를 들면 우리 견공들은 거울에 별다른 관심이 없어. 거울 속에서 우리를 쳐다보는 상대가 누군지를, 거울에 비친 자신을 쳐다본다고 해서 새로울 건 없다는 것을, 그보다는 부엌에서 누가 몰래 간식을 훔쳐 먹는 건 아닌지 살피는 게 훨씬 바람직하다는 사실을 너무나 잘 알고 있기 때문이시.

반면에 인간은 거울에 비친 자신을 바라보기 위해 하루에 몇 시간씩 허비해. 아침에 일어나서 거울에 비친 모습을 생전 처음 쳐다보기라도 하는 것처럼 이리저리 봐. 그리고 집을 떠나기 전에 또 봐. 운전을 할 때도 자동차 창문에 달린 조그만 거울을 또다시 봐. (특히 여자 인간들이 잘 그러는 것 같아. 그래서 나는 자동차 뒤에 달린 정지등이 빨갛게 변하는 순간에 자동으로 펼쳐지는 커다란 거울을 만들어서 많은 돈을 벌 생각이야. 그러면 여자들은 자동차에 달린 거울을 이리저리 만지작거릴 필요도 없고 남편들이 그 때문에 화낼 필요도 없을 거야.)

인간이 거울을 이렇게 좋아하는 것 자체가 그들한테 자신을 알아보는 자의식이 없다는 증거 같아. 따라서 이것은 인간에게 사고력이 없다는 증거이기도 하지.

사고력이 있음을 나타내는 또 다른 지표는 도구 사용 능력이야. 예를 들어, 우리 견공들은 공이랑 담요랑 베개랑 막대기 등을 사용해서 생활을 편리하게 만들어. 이런 면에서 인간이 받는 점수는 아주 높아. 지난주에 데니랑 카트리나가 나를 데리고 공구 가게에 갔는데, 나는 인간이 사용하는 도구가 이렇게 많다는 걸 도저히 믿을 수가 없었어. 사실, 우리랑 달리 인간은 도구가 없으면 아무 것도 못하는 것 같기도 해.

그래서 도구 사용 능력이라는 측면에서 수집한 증거는 양쪽 특성을 모두 지니고 있어. 인간이 도구를 사용한다는 사실은 인간한테 사고력이 있다는 증거가 될 수 있어. 하지만 도구에 전적으로 의존한다는 사실은 어떤 일이든 우리처럼 간단하고 자연스럽게 처리할 능력이 충분치 않다는 증거일 수도 있어. 따라서 인간이 도구를 사용한다는 것은 생각할 능력이 있는지 없는지 여부를 판단할 근거가 될 수 없어.

언어를 통한 의사소통 역시 사고할 수 있다는 증거 가운데 하나야. 그렇다면 인간은 언어를 사용할까? 그들이 만들어내는 우스꽝스러운 소리는 우리가 서로 의사소통을 할 때 사용하는 소리랑 전혀 달라. 데니랑 카트리나도 가끔 멍멍 짖는 소리랑 끼끼거리는 소리를 내긴 하지만 그건 우리 말을 이해하지도 못하면서 앵무새처럼 흉내 내는 짓에 불과해. 가령, 며칠 전에 카트리나가 나랑 놀면서 멍멍 짖어 댔어, "지금 당장 우리 마당에서 사라지지 않으면 가죽 껍질을 물어뜯어 버리겠다."는 말이랑 아주 비슷한 소리였지.

그런데 당시에 카트리나는 나랑 아주 재미있게 노는 중이었어. 갑자기 그런 말을 할 이유가 없었다고.

또 다른 사례. 며칠 전 밤에는 데니가 갑자기 나한테 슬프게 낑낑거리며 "제발, 제발, 자동차를 타고 피자 먹으러 가요." 하는 식으로 말하는 거야. 하지만 소파에 누워서 저녁식사 때 마음껏 쑤셔 넣은 음식으로 볼록한 배를 가만히 쓰다듬고 있었던 걸 보면 실제로 그럴 생각은 전혀 아니었던 게 분명해.

그렇다면 인간은 그런 이상한 소리로 서로 의사소통을 하는 건가? 내가 관찰한 바에 의하면 그럴 가능성은 아주 적어. 다른 무엇보다 인간은 여럿이 모이면 모두가 동시에 이상한 소리를 만들어 내는 경향이 있거든. 그들은 상대가 만들어 내는 소리를 듣기보다는 자신이 소리를 만드는 데 훨씬 많은 관심을 기울이는 것 같아. 이건 의사를 소통하는 과정이라기보다는 그냥 동물적 속성을 드러내는 것에 더 가까워.

둘째, 인간은 주변에 다른 인간이 하나도 없을 때도 이런 소리를 내. 예를 들어, 데니가 부엌에서 음식을 사방에 쏟았는데 아주 커다랗게 이상한 소리를 주절거리는 거야. 카트리나는 밖에 나갔고 나는 바닥에 떨어진 음식을 먹느라 바빴는데 말이야.

이런 모든 상황을 감안할 때, 인간이 만드는 소리는 언어가 아닐 가능성이 많아.

마지막으로, 위에서 "인간이 너무나 멍청한 행위를 저지른다는 사실 자체가 동물적 본능이나 직관 이외의 원시적인 사고력을 지니고 있다는 증거"라고 말한 현자 파이도의 의견에 대해 생각해 보자. 내가 볼 때 이것은 털 없는 우리 친구들한테 사고력이 있다는 주장 중 제일 말이 되는 내용이긴 하지만 결정적인 건 아니야. 하지만 누구도 결정적인 증거를 제시할 수 없기 때문에, 결국 나는 미심쩍기는 해도 최대한 선의를 갖고 해석해서 그들한테 사고력이 있다는, 따라서 우리 모두가 견공을 대할 때와 마찬가지로 인간을 충분히 존중해야 한다는 결론을 내렸어.

그러니 여러분도 마음을 열고 반려인간을 소중히 여기도록 해. 그러다 보면 인간만큼 사랑을 받아들이고 거기에 보답하는 능력이 뛰어난 존재는 동물의 왕국 어디에도 없다는 사실을 깨닫게 될 테니까.

열일곱

인간을 제대로 고르는 법

집에서 함께 살 인간을 제대로 고르는 건 아주 중요해. 그러니까 충분히 조사하고 아주 많이 생각하도록 해. 그러지 않으면 아주 불행한 결과가 일어날 수도 있어.

인간은 일흔에서 여든 살까지 살기 때문에 우리한테 평생을 헌신할 만한 인간을 선택하려면 심사숙고해서 결정해야 돼.

제일 먼저 생각할 문제는 '나한테 이 인간이 필요한 제일 커다란 이유는 무엇인가?' 하는 거야.

이 책이 그 문제를 푸는 데 도움이 되면 좋겠어. 인간을 데리고 살면 귀찮은 점도 많아. 우선, 이 부분부터 현실적으로 검토해야 돼. 인간이 개랑 사회적으로 인정 가능한 방

식으로 살려면 먼저 많은 규칙을 익히고 훈련을 받아야 해. 인간은 아주 고집스러운 걸로 유명하거든. 그리고 그렇지 않다는 증거가 아주 많은데도 불구하고 인간은 여전히 자기들이 우리보다 똑똑하다고 믿고 있어. 이렇게 멍청하고 고집스러운 인간을 참아 주면서 동시에 그들을 보살핀다는 건 그리 쉬운 일이 아니야.

우선, 인간은 음식을 먹는 방식이 아주 끔찍해. 음식을 바닥에 놓고 친구나 가족들이랑 편하게 나누는 대신 식탁 위에 모두 올려놓아서 우리가 볼 수 없도록 만들어. 우리가 맛이나 보자고 점잖게 요구하는 걸 보고 그들은 '구걸한다'고 말하지. 자기네 접시에 담겨 있는 쇠고기와 돼지고기는 '요리'라고 하는 반면, 우리한테 떨어지는 얼마 안 되는 조각은 '먹다 남은 쓰레기'라고 해……. 우리한테 조금도 주기 싫어서 말이야.

인간은 어떻게 해야 산책을 제대로 하는 건지도 몰라. 우리가 좀 재미를 느낄 만하면 벌써 집으로 돌아가려고 한다니까. (여기에 대해 내가 데니한테 항상 써먹는 좋은 훈련 방식이 있어.

인간이 신문을 쫙 펼쳐 들고 있을 때 달려가서 얼굴에 신문을 처박는 거야. 그런 식으로 우리가 오줌을 싼 아주 멋진 장소에 코를 대고 킁킁거리는 바로 그 순간에 집으로 가자고 목줄을 잡아당기면 우리 기분이 어떤지를 보여 주는 거야.) 어떨 땐 이웃 사람하고 자기네 아이들 마약 문제나 인간의 멍청한 스포츠 팀에 대한 대화를 나눠. 그러면 우리는 그 옆에 따분하게 앉아 있어야 하지.

인간은 항상 옷을 입으려고 하기 때문에 돈도 많이 들어. 파티에 참석하거나 평소보다 멋져 보이고 싶을 때 옷을 입으면 도움이 된다는 사실은 물론 나도 인정해. 하지만 옷을 항상 입어야 할 이유가 도대체 뭐냐고? 인간이 그렇게 하는 건 뭘 잘 모르기 때문이야. 그들은 자기네 몸에서 가장 중요한 부위를, 모두가 보려고 애쓰는 부위를 ‘은밀한 부위’라고 부르면서 옷으로 항상 가려. 이러면 처음 만났을 때 냄새를 맡아 볼 수가 없어. 세상 사는 재미를 완전히 포기한 거지. 인간들이 우리처럼 벌거벗은 상태로 돌아다닌다면 아마 인터넷 미팅 사이트 같은 건 금방 없어질 거야.

그나마 남자는 여자보다 돈이 적게 들어. 똑같은 옷을 몇 년 동안 매일 입는 경우도 있거든. 옷에 구멍이 나도 말이야. 하지만 여자는 전에 입었던 옷을 또 입으면 너무 뚱뚱해 보이기 때문에 계속해서 새 옷을 사야 해.

긍정적인 측면도 있어. 우선, 인간은 데리고 살기에 아주 재미있고 옆에서 가만히 지켜보노라면 정말 신기할 때도 많아, 두 사람이 함께 있을 때는 특히 더. 인간들은 아주 사랑스럽고 다정한 편이라 동반자로 데리고 살기에 아주 좋아. 집에 인간이 있으면 조금도 외롭지 않아. 인간을 (마음에 안 드는 인간이라 해도) 데리고 사는 개는 오래 사는 경향이 있다는 통계도 있어.

또한 인간은 우리에게 필요한 음식을 모두 제공해 줘. 따라서 우리는 거의 모든 시간을 사냥하는 데 쓰는 대신 책을 읽기도 하고 자선활동이나 주식 투자를 할 수도 있어.

일단 인간을 들이기로 결정한 다음에 신경 써야 할 문제는 '어떤 유형의 인간을 골라야 하느냐?'는 거야.

인간에게는 우리 같은 순수 혈통이 없어. 모두가 잡종이야. (그러면서도 인간들은 우리의 도그 쇼에 해당하는 쇼를 열어, 미스터 유니버스와 미스 유니버스 대회가 바로 그런 거야.) 따라서 인간을 고를 때 가장 중요한 건 인간의 덩치와 나이야.

뚱뚱한 인간은 언제 골라도 최선의 선택이야. 우리와 마찬가지로 그들 역시 먹는 걸 좋아해서 자주 먹거든. 게다가 그들 자신이 뚱뚱하기 때문에 우리가 약간 살찌는 것 같다 해도 전혀 나무라지 않아.

건강한 식생활이나 운동에 몰두하는 깡마른 사람은 피해. 그들은 과일이나 채소 같은 쓰레기를 우리한테 먹이려고 들 뿐 아니라, 자기네 개를 데리고 조깅까지 했다는 사례도 있어. 이건 학대니까 이런 일이 있으면 여러분 동네의 저면 셰퍼드한테 당장 고발해. 데니도 예전엔 조깅을 했었어. (속도가 빠르면 더 쉽게 다친다는 확고한 이론에 근거해 지금은 자전거를 타고 있지만 말이야.) 그런데 한번은 나랑 함께 달려서 마을을 돌기로 결심한 거야. 그래 놓고 내가 느긋하게 뛰어가는 동안 데니는 헐레벌떡 가쁜 숨을 쉬다가 침까지 뱉더군. 그렇게 한 바퀴를 돌아서 우리 집으로 돌아왔는데 데니가 계속 돌려고 하는 거야! 나는 네발을 땅에 대고 몸을 뒤로 빼며 버텼지. 처음 돌 때 다 둘러보았기 때문에 한 바퀴를 더 뛸 이유가 없었거든. 그날부터 데니는 나를 '랩 도그'(lap dog, 원래는 무릎에 앉히는 작은 소형견을 가리키지만 'lap'에 한 바퀴라는 뜻도 있음-옮긴이 주)라고 부르기 시작했어. 내가 한 바퀴만 달리는 개라는 뜻이야.

젊은 인간은 늙은 인간보다 훈련시키기 쉽지만 어린 아이가 있는 인간은 피해. 동물 왕국의 다른 구성원과 달리 인간의 아이들은 믿을 수 없을 정도로 성장이 느려. 그래서 서른 살이 될 때까지 부모님을 골치 아프게 만드는 경향이 있어. 이런 골치 아픈 상황에는 끼어들지 않는 편이 좋아.

인간 커플을 동반자로 고를 생각이라면 두 사람 가운데 한 명만 직장에 나가고 다른 한 명은 집에서 시중을 들도록 하는 게 가장 좋다는 사실을 명심해. 집에서 시중드는 사람이 남자면 더더욱 좋고. 인간 남자는 자신의 지위와 권한이 대단한 척 과시하는 걸 좋아하지만 실제로는 여자한테 완벽하게 눌려서 지내. 그래서 다루기가 훨씬 쉬우니까 훈련시키기도 수월할 거야.

내 경우를 봐도 데니는 나한테 순식간에 항복했어. 하지만 카트리나랑 나는 아직까지 집안의 주도권을 둘러싼 전투를 벌이고 있지. 카트리나는 결코 만만한 상대가 아니야. 하지만 나도 고집이 있어. 이제 카트리나도 내가 데리고 사는 가족이 되었으니 내가 꼭 이기고 말겠어.

이제 가장 중요한 문제에 도달했어. '그렇다면 나는 내가 데리고 살 인간을 어떻게 선택했는가?' 하는 문제.

내 상황은 지금보다 안 좋을 수도 있었어. 변명 삼아 말한다면, 카트리나랑 데니가 나를 처음 찾아왔을 때만 해도 나는 생후 6주에 불과해서 인간에 대한 연구를 시작조차 할 수 없었다는 거지. 그리고 당시에는 입양에 대한 걸 전혀 몰랐어. 우리 엄마 클로에랑 평생 함께 살 줄 알았다고.

그랬던 걸 생각하면 나는 운이 정말 좋았어. 물론 데니랑 카트리나는 둘 다 뚱뚱하지 않지만 데니는 뚱보처럼 식성이 좋아서 괜찮아. 게다가 데니랑 카트리나한테는 아이가 없어. (아이들을 충분히 견딜 수 있을 만큼 성숙한 여든 살에나 아이를 가질 생각이래.) 그래서 지금 당장은 나를 행복하게 만드는 일에 100% 헌신할 수 있어. 그리고 나를 처음 데려올 때만 해도 데니랑 카트리나 모두 직장에 나가서 낮 시간을 나 혼자 지내야 했었는데 데니가 몇 주 동안 죄책감에 시달리다가 결국엔 직장을 관두고 집에서 내 시중을 들기 시작했어. (이런 결정에 대해 카트리나가 이의를 제기했지만 데니는 이제 카트리나가 그렇게 원하던 개가 생겼으니 둘 중 하나는 개를 보살펴야 한다고, 자신이 기꺼이 희생하겠다고 설명하더라고.)

　여러분이 내가 지금까지 알려 준 방법을 적용한다면 나처럼 운에 기댈 필요는 없을 거야. 이상한 인간이 찾아오면 일단 거리를 유지하면서 자세히 관찰해. 너무 빨리 너무 친근하게 굴지는 마. 그들이 먼저 다가오게 만들어. 필요하다면 그들이 보는 앞에서 (혹은 그들한테) '사고'를 쳐서 그들이 어떤 반응을 보이는지 살필 수 있는 기회를 갖는 것도 좋아. 인간은 스트레스를 받는 순간에 진정한 성격을 드러내는 경우가 많거든.

　무엇보다, 독립해서 새로운 삶을 시작하고 싶은 욕구가 아무리 강하다 해도 내가 지금까지 제시한 조건 대부분이 맞아떨어지지 않는 사람이랑 사는 건 절대 안 돼.

　주느비에브 님의 말을 들어. 여기에 여러분의 미래가 달려 있으니까.

반려인간의 지적 능력 시험하기

열여섯 번째 장에서 우리는 여러 부정적인 증거에도 불구하고 인간에게 생각할 능력이 있다고 가정하는 게 좋겠다는 결론을 내렸어. 그러다 보니까 '인간은 얼마나 지혜로운가?' 하는 질문이 자연스럽게 떠올라. 인간의 지적 능력을 파악하는 문제는 우리 견공들이 불과 이삼 년 전에 연구할 가치를 느끼기 시작한 완전히 새로운 영역이야. 내가 인간이랑 몇 년을 살면서 수행한 방대한 조사에 근거해서, 나는 가정에서 반려인간의 똑똑한 정도를 측정할 수 있는 테스트를 개발했어.

테스트를 시작하기 전에 인간을 충분히 먹이고 편히 쉬게 해. 그리고 혹시 성적이 그리 좋지 않아도 좌절하거나 실망하지는 마. 이 테스트의 모든 영역에서 높은 점수를 받는 인간은 거의 없다는 사실을 명심해. 중요한 건 게임을 하는 것처럼 즐기라는 거야.

문제가 많으니까 한 문제를 풀 때마다 점수를 매겨서 성적표에 적어. 이 장 끝 부분에는 반려인간의 품성을 파악하는 데 도움이 되는 해설이 들어 있어.

행운을 빌어!

1. 반려인간이 깊이 잠든 한밤중에 미친 듯이 커다랗게 짖는다.

그러면 당신의 반려인간은……

a) 계속 잔다.   0점

b) 조용히 하라고 말한다.   1점

c) 침대 밑으로 기어 들어간다.   2점

d) 바닥으로 내려와서 함께 짖기 시작한다.   3점

2. 인간을 데리고 산책을 나갔을 때, 자동차 주인이 보는 앞에서 바퀴에다 오줌을 싼다.

그러면 당신의 반려인간은……

a) 목줄을 잡아당기며 야단친다.　　　　　　　　　0점

b) 휴지로 타이어를 닦는다.　　　　　　　　　　　1점

c) 타이어에 코를 대고 쿵쿵거린다.　　　　　　　2점

d) 함께 타이어에 오줌을 갈긴다.　　　　　　　　3점

3. 반려인간한테 손님이 찾아왔을 때, 손님의 다리로 달려들며 물어뜯기 시작한다.

그러면 당신의 반려인간은……

a) 그만하라고 명령한다.　　　　　　　　　　　　0점

b) 당신을 다리에서 떼어 낸다.　　　　　　　　　1점

c) 웃는다.　　　　　　　　　　　　　　　　　　2점

d) 다른 쪽 다리를 물어뜯기 시작한다.　　　　　3점

4. 냉장고 앞에서 낑낑거린다.

그러면 당신의 반려인간은……

a) 그냥 무시한다.   0점

b) 왜 그러느냐고 묻는다.   1점

c) 간식을 준다.   2점

d) 치킨이랑 피자를 통째로 꺼내 준다.   3점

5. 애완동물 가게에서 쇼핑을 할 때 장난감을 물고 도망
친다.

그러면 당신의 반려인간은……

a) 장난감을 빼앗아서 제자리에 돌려놓는다.   0점

b) 장난감을 빼앗아서 장바구니에 넣는다.   1점

c) 장난감을 여러분 입에 물린 채 계산대로 간다. 2점

d) 자기 입에 다른 장난감을 물고

　　여러분과 함께 밖으로 도망친다.   3점

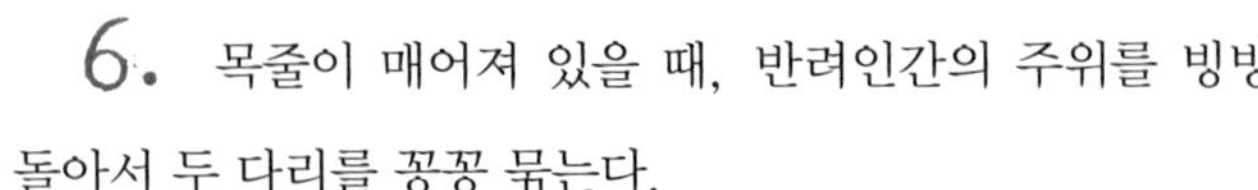

6. 목줄이 매어져 있을 때, 반려인간의 주위를 빙빙
돌아서 두 다리를 꽁꽁 묶는다.
그러면 당신의 반려인간은……

a) 두 손으로 줄을 푼다.   0점
b) 가만히 서서 훌쩍거리며 운다.   1점
c) 땅바닥에 뒹굴면서 으르렁거린다.   2점
d) 입으로 물어서 목줄을 푼다.   3점

7. 소파 밑에 고양이 응가를 숨겨 놓는다.
그러면 당신의 반려인간은……

a) 그 사실을 전혀 모른다.   0점
b) 코를 킁킁거리지만 결국 못 찾는다.   1점
c) 그걸 찾아서 밖으로 버린다.   2점
d) 그걸 찾아서 먹는다.   3점

8. 반려인간이 낮잠을 잘 때, 얼굴에 벼룩 한 마리를 올려놓는다.

그러면 당신의 반려인간은……

a) 손으로 찰싹 쳐서 죽인다.   0점
b) 몸을 뒤집는다.   1점
c) 재채기를 한다.   2점
d) 엄지발가락으로 긁어서 떨어뜨린다.   3점

9. 당신의 반려인간은 하루에 몇 시간을 자는가?

a) 1~4시간   0점
b) 5~9시간   1점
c) 10~15시간   2점
d) 16~24시간   3점

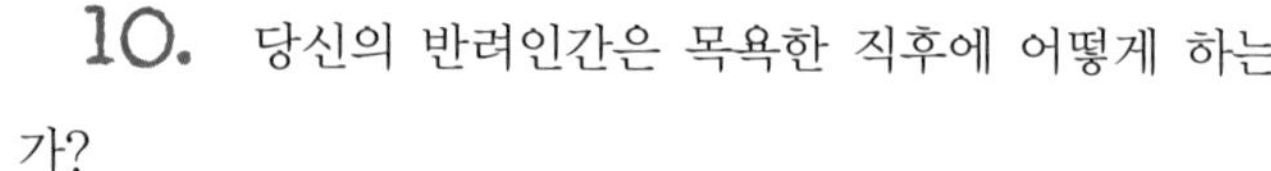

10. 당신의 반려인간은 목욕한 직후에 어떻게 하는가?

a) 수건으로 물기를 닦는다.　　　　　　　　0점

b) 축축한 상태로 돌아다닌다.　　　　　　　1점

c) 몸을 흔들어서 물기를 털어 낸다.　　　　2점

d) 밖으로 나가서 흙 위를 뒹군다.　　　　　3점

11. 당신이 얼굴을 핥으면 반려인간은 어떤 반응을 보이는가?

a) 소독약으로 얼굴을 닦는다.　　　　　　　0점

b) 두 눈을 감고 빙그레 웃는다.　　　　　　1점

c) 자기도 여러분을 사랑한다고 말한다.　　2점

d) 당신의 얼굴을 핥아 준다.　　　　　　　3점

12. 당신의 반려인간은 쓸 만한 장난감을 얼마나 가
지고 있는가?

a) 0~5개   0점

b) 6~10개   1점

c) 11~20개   2점

d) 20개 이상   3점

13. 당신의 반려인간은 다른 사람이 운전하는 자동차
에 타면 어떻게 하는가?

a) 조수석에 얌전히 앉는다.   0점

b) 바닥에 내려가서 잔다.   1점

c) 머리를 차창 밖으로 내민다.   2점

d) 운전사 무릎에 앉아서 운전을 돕는다.   3점

14. 당신의 반려인간은 좌절했을 때 어떻게 하는가?

a) 그냥 누워서 화만 낸다.   0점

b) 고함을 지른다.   1점

c) 커튼 자락을 씹는다.   2점

d) 이리저리 펄쩍펄쩍 뛰어다닌다.   3점

15. 당신의 반려인간은 많은 인파 속에서 어떻게 하는가?

a) 숨으려고 한다.   0점

b) 가만히 서서 부들부들 떤다.   1점

c) 이리저리 뛰어다니며 친구를 사귄다.   2점

d) 사람들 궁둥이에 코를 대고 킁킁거린다.   3점

여러분의 반려인간은 점수가 어때?

여러분은 행복한 개야! 여러분의 반려인간은 최고 점수를 올렸어. 이 정도면 지적으로 개와 거의 비슷한 수준이야. 아마 여러분은 반려인간과 서로 마음까지 읽을 수 있다는 느낌을 종종 받을 거야. 이렇게 높은 점수를 올린 인간은 쉽게 훈련시켜서 아주 좋은 하인으로 만들 수 있어. 이런 사람은 새로운 상황에 잘 적응하고 쉽게 겁내지 않으며 강아지랑 잘 지내. 이런 범주에 들어가는 인간은 대부분 여성이야.

하지만 이렇게 뛰어난 지적 능력은 몇 가지 문제를 낳을 수 있어. 이런 인간은 지배하려는 성향이 강한 나머지 집안에서 여러분이 갖는 권위에 도전할 가능성이 많아. 그래서 이 유형의 인간은 기회가 있을 때마다 여러분의 한계를 시험할 것이고, 따라서 여러분은 지도력을 유지하기 위해 일상적인 전투를 치러야 할 수도 있어.

이런 경우에는 여러분이 반려인간을 일관성 있게 다루는 게 중요해. 단 한 번이라도 응석을 받아 주면 몇 달에 걸친 훈련이 수포로 돌아갈 수도 있어. 반려인간이 제일 좋아하는 소파에서 인간을 정기적으로 쫓아내고 여러분들이 거기에 눕는 식으로 권위를 일깨우는 것도 좋은 방법이야. 자동차 열쇠처럼 인간들이 자기 거라고 생각하는 물건을 빼앗아 숨기는 방법도 좋아. 그러다가 인간이 정신병적 증세를 보일 때 비로소 그걸 내놓는 거야.

지적 능력이 고도로 발달한 반려인간의 또 다른 문제는 이들이 배우는 속도가 너무 빠른 나머지 여러분의 동작 하나하나를 미리 예상할 수 있다는 사실이야. 여러분이 양말을 훔치고 싶은 마음이 들었는데, 그러기 전에 바구니 뚜껑을 미리 닫아 두는 식으로 말이야. 양탄자에 응가를 해서 인간이 저지른 잘못을 응징하려고 해도 그걸 알아채고 계획을 실천하기 전에 미리 밖으로 데리고 나가기도 한다니까. 하지만 여러분이 머리를 조금만 굴리면 이런 특성을 유익하게 활용할 수 있어. 언제 어디서든 여러분이 원하는 대로 인간을 움직일 수 있으니까 말이야.

지적 능력이 뛰어난 반려인간은 공정하면서도 단호하게 대하도록 해. 그러면 그 인간은 살아 있는 동안 행복하고 즐거운 동반자가 되어 줄 거야.

16점에서 30점까지

　여러분의 반려인간은 중간 점수를 받았어. 이런 인간은 개처럼 섬세한 마음을 가지고 있을 때가 많지만 그렇지 않을 때는 인간처럼 행동하는 바람직하지 않은 모습도 보여. 여러분의 훈련 목표는 전자의 성향을 강화시키고 후자를 줄이는 거야.

　반려인간이 여러분과 간식을 나눠 먹는 등 무언가를 잘할 때는 보상으로 핥아 주고 키스까지 해 줘. 인간한테는 충분한 사랑과 애정이 가장 강력한 동기부여라고 할 수 있어. 그들이 기대에 못 미치면 "안 돼!" 하고 엄하게 꾸짖은 다음에 똑바로 다시 하게 만들어. 당장 바람직한 훈련 결과가 나왔다 해도 인간이 적절하게 행동하는 능력을 기르도록 계속 노력해야 돼. 지적 능력이 가장 뛰어난 반려인간들과 달리 중간 점수를 받은 인간들은 명령을 장기적으로 기억하는 능력이 상당히 떨어지거든.

　이런 중간 그룹은 아주 훌륭한 놀이 상대가 될 수 있을 뿐 아니라 여러분이 집안의 주인 역할을 하는 데에 반발하지 않을 가능성도 높아.

빵점에서 15점까지

　여러분은 정말 힘들겠어. 이렇게 점수가 낮은 반려인간은 개 같은 특성이 거의 없어서 훈련을 시키기가 아주 어려울 뿐 아니라 '함께 살아간다'는 개념조차 거의 없어. 이런 인간 대부분은 개와 거의 접촉하지 못한 채 자라났어. 이렇게 불행한 인간은 대체로 성장기에 고양이가 주변에 있었다는 공통적인 특징을 지니고 있어. 이런 사람의 혈통을 깊숙이 조사하다 보면 정치인이나 국세청 직원이나 랩뮤직 팬처럼 유전자에 뚜렷한 손상을 입은 조상이 틀림없이 나타날 거야.

　이런 인간이랑 살아야 하는 견공은 장기적인 훈련으로 효과를 볼 거라는 기대감 자체를 애초에 접는 게 좋아. 여러분이 할 수 있는 가장 합리적인 훈련은 그들이 주변을 조금이라도 의식하도록 가르쳐서 문제가 본격적으로 일어나기 전에 예방하는 정도야. 그럼에도 불구하고 이런 인간은 집중력이 떨어지기 때문에, 여러분한테 혹시 자기가 엉뚱한 방향으로 나아가지는 않는지 미리 경고해서 안전한 길로 인도해 달라는 요구를 자주 할 거야.

　이렇게 낮은 점수를 받는 인간은 대부분 남성이야.

길에서 만나는 사람들

내가 바깥에 나가면 수많은 사람들은 카트리나와 데니한테 나에 대한 똑같은 질문을 하고 또 해. 그래서 나는 공공 서비스 차원에서 이 자리를 빌려 그런 모든 질문에 확실하게 답하기로 결정했어.

Q : 이 개는 털이 기다란 치와와인가요?

A : 지금 농담하는 거죠? 난 프랑스 귀족 출신이라는 걸 눈으로 직접 보고도 몰라요? TV 광고에 출연한 호세 같은 치와와는 1800년대 후반까지 순종으로 인정을 못 받았지만 우리 파피용은 마리 앙투아네트가 시대의 머리가 된 1793년

에도 바로 그 옆에 있었다고요(마리 앙투아네트가 1793년에 처형당한 걸 말함-옮긴이 주). 게다가 위대한 화가가 그린 수많은 그림에도 우리가 그려져 있고요. 당신은 가서 TV 패스트푸드 광고에 나오는 치와와들이나 구경하세요.

Q : 사람을 잘 따르나요?
A : 아니요, 내가 지금 당신 정강이를 핥는 이유는 닭고기 맛이 나기 때문이에요.

Q : 많이 짖나요?
A : 나는 꼭 필요할 때만 짖어요. 어디선가 이상한 소리가 들릴 때, 유리창 너머로 어떤 인간이나 동물이 보일 때, 혹은 누군가 내가 좋아하는 요리를 하고 있는데 나는 지금 당장 그것을 먹고 싶을 때, 이웃집에 어제까지 없던 새로운 물건이 보일 때, 내 공이 옷장 밑으로 굴러갈 때, TV에서 야생 관련 프로그램을 볼 때, 데니랑 카트리나가 집에 올 때가 바로 그럴 때예요. 그 외에는 절대로 안 짖어요.

Q : 몇 살이에요?

A : 어머, 그러는 당신은 몇 살인데요?

Q : (중성화) 수술 시키셨어요?

A : 내가 수술할 데가 어디 있다고 그래요?

Q : 교배시키실 거예요?

A : 그러면 당신하고 당신 남편도 아직 교배하려고 애쓰는 중인가요?

Q : 어디에서 재우세요?

A : 데니랑 카트리나 사이에서 자요. 다행히 두 사람의 짝짓기 활동이 눈에 띄게 드물어져서 내가 소외될 일도 줄었답니다.

Q : 똑똑한가요?

A : 다음 질문.

Q : 휴가 가실 때는 다른 집에 맡길 건가요?

A : 안 돼, 안 돼, 안 돼, 안 돼, 안 돼, 안 돼, 안 돼!

Q : 외출할 때는 어디에 두시나요?

A : 두 사람은 나를 부엌에 있는 커다란 금속 감옥에 가
둔답니다. 카트리나는 그걸 감옥이라고 부르지 않아요. 개
집이라고 계속 우기지요. 하지만 나는 그걸 뭐라고 부를지
를 가지고 말싸움이나 벌이고 싶지는 않아요. 그건 쇠창살
이 달린 상자예요. 단지 내가 안에 들어가면 나올 수 없을
뿐이지요. 더 끔찍한 건, 두 사람은 내가 심심하지 않도록
라디오를 이지 리스닝 음악이 나오는 채널에 맞춰 놓는다는
거예요. 지금 이 자리에서 분명히 말하는데, 다음에 또 헬
렌 레디의 '숙녀한테 그러는 게 아니랍니다'가 나오면 나는
응가를 해 버릴 거예요……. 개집에다.

Q : (도그)쇼에 내보내실 거예요?

A : 나한테 무슨 쇼를 하라는 거예요? 데니랑 카트리나
한테나 하라고 하세요.

Q : 쓰다듬어도 괜찮을까요?

A : 당연히 안 괜찮죠. 하지만 한 번은 봐주겠어요.

Q : 그 애는 행복할까요?

A : 몇 분 전까지는 그랬어요.

Q : 앞으로 더 커질까요?

A : 지금 나는 3킬로그램의 근육과 털로 이루어진 아름답고 날씬한 체형을 갖고 있는 데다 맨발로 서서 잰 키는 25센티미터예요. 개가 이보다 더 커야 할 이유가 있을까요?

주 느비에브에게 물어 봐

내가 워낙 유명한 작가이니 아마 다른 개들은 내가 똑똑해서 무엇이든 안다고 생각할 거야. 이런 결론은 너무 성급한 경우가 일반적이지만 내 경우에는 그 결론이 완벽하게 맞아. 그래서 전 세계 수많은 개들이 매주 수백 통의 편지와 이메일로 나한테 다양한 질문을 하지. 나는 이 모든 질문에 최대한 많이 대답해 주려고 애쓰지만 스케줄이 워낙 빡빡하기 때문에 모두 답장할 수가 없어. 그래서 지금이 재미있는 질문에 대답할 좋은 기회인 것 같아. 물론 독자 여러분이 재미있게 읽을 수 있도록 나한테 보내는 찬사와 결혼 신청 같은 내용은 빼는 식으로 약간 편집했어.

친애하는 주느비에브에게,

우리 집에는 방마다 벽에 누를 수 있는 조그만 물건이 달려 있는데 우리 집 인간이 그걸 누를 때마다 방이 엄청 어두워지거나 엄청 밝아져요. 똑똑한 내 머리로 판단하건대, 바깥에도 그런 물건이 달려 있는 것 같아요. 바깥 역시 엄청 어두울 때도 있고 엄청 밝을 때도 있으니까요. 그런데 그걸 도저히 찾을 수가 없어요. 당신은 그게 어디에 달려 있는지 아세요?

사랑해요,
천시

친애하는 천시에게,

이렇게 말하고 싶지는 않지만, 당신 생각이 틀렸어요. 집 안은 밝았다가 어두워지는 게 불규칙한 반면에 바깥은 낮에 항상 밝고 밤에 항상 어둡다는 사실을 눈치채지 못했나요? 그건 바깥에 스위치가 없다는 증거예요. 스위치 같은 게 있다면 한낮에 깜깜하고 안밤중에 밝아질 수도 있는

233

데, 그렇지 않다는 건 우리 모두 알잖아요. 내가 보기에는, 인간들이 바깥에다 일종의 타이머 같은 걸 설치한 것 같아요. 여행을 떠날 때 집에 누가 있다고 나쁜 사람들이 착각하게 만들려고 사용하는 장치 같은 거요. 나는 지금 그 장치를 찾는 중인데, 그걸 찾으면 매일 점심식사 후에 세 시간씩 어두워지게 만들 생각이에요. 내가 낮잠을 자는 시간이거든요.

무한한 애정과 키스를 보내며,
주느비에브

친애하는 주느비에브에게,
저는 국회의원에 출마하는 최초의 개가 되고 싶어요. 어떻게 생각하세요?

사랑해요,
칩

친애하는 칩에게,

당신은 그러지 않아도 이미 개자식이랍니다. 더 나빠지지
마세요.

무한한 애정과 키스를 보내며,

주느비에브

૭૭

친애하는 주느비에브에게,

텔레비전은 어떻게 작동하나요?

사랑해요,

번개

친애하는 번개에게,

텔레비전은 컴퓨터 칩에 의해서 작동하는데, 컴퓨터 칩
은 감자 칩이랑 비슷하게 생겼지만 맛은 없어요. 인간이 손
에 들고 있는 조그만 물건에 달려 있는 단추를 누르면 컴퓨
터 칩이 조그만 사람이랑 집이랑 자동차랑 나무랑 강아지
등을 TV 안에다 만들고, 그러면 그 조그만 물체들이 TV 밖
에 있는 커나단 물세서림 움직이는 기예요. 그런데 컴퓨터

칩이 만든 물체라서 진짜 같은 냄새는 안 나요.

인간은 컴퓨터 칩이 뭘 만들어 낼지 몰라요. 그래서 컴퓨터 칩이 마음을 바꾸도록 단추를 계속 누르는 거랍니다. 왜인지는 모르겠지만 인간은 이 조그만 세상을 너무나 좋아하기 때문에 매일 몇 시간씩 가만히 쳐다본답니다. 우리들은 진짜 세상이 훨씬 좋은데 말이에요.

무한한 애정과 키스를 보내며,

주느비에브

친애하는 주느비에브에게,

나는 베개를 베고 눕기 전에 항상 베개를 긁어 파요. 도저히 참을 수가 없어요. 도대체 왜 그러는 걸까요? 베갯잇이 자주 찢어지기 때문에 우리 집 인간이 싫어해요.

사랑해요,

달리

친애하는 달리에게,

잠자기 전에 베개를 긁거나 이리저리 걸어 다니는 건 깊은 잠을 자는 데 아주 중요해요. 개들은 그 사실을 수백만 년 전에 깨달았어요. 반면에 진화가 덜 된 인간은 아직도 그걸 모른답니다. 그것 때문에 인간 대부분이 불면증에 시달리며 몇 시간 동안 책을 읽거나 약을 먹어야 깊은 잠에 빠지는 거예요. 지금 당신네 인간은 그 즉시 깊은 잠에 빠지는 당신의 능력을 질투하는 것에 불과해요. 한 귀로 흘려 버리고 계속 열심히 긁으세요.

무한한 애정과 키스를 보내며,
주느비에브

♌

친애하는 주느비에브에게,

나는 두 살짜리 도베르만인데, 개가 인간보다 훨씬 똑똑하다는 당신의 의견에 전적으로 동의해요. 하지만 정말 그렇다는 구체적인 증거가 있나요?

열렬한 지지를 보내며,
서니

친애하는 서니에게,

개는 복권도 안 사고 신용카드도 안 만들고 친구나 친척한테 돈을 빌려 주지도 않아요. 하지만 인간은 이런 멍청한 짓을 하지요. 이 정도면 충분하지 않나요?

무한한 애정과 키스를 보내며,

주느비에브

친애하는 주느비에브에게,

당신은 새벽 두 시가 될 때까지는 딱딱한 개 사료를 건들지 않는다고 들었어요. 그 이유가 뭔가요?

당신을 존경하는

예쁜이

친애하는 예쁜이에게,

낮에는 카트리나랑 데니가 나한테 주는 진짜 음식을 게눈 감추듯 먹어 치워야 해요. 딱딱한 사료는 진짜 음식이 아니에요. 그런데 새벽 두 시에는 진짜 음식을 깨끗하게 치워

버린다는 사실을 깨달았기 때문에 그 시간에는 그걸 먹어도 손해 볼 게 없더라고요. 며칠 전에 라디오에서 나온 노래를 인용해서 설명한다면, 딱딱한 사료도 마감 시간에는 훨씬 맛있는 법이랄까요.

무한한 애정과 키스를 보내며,
주느비에브

사랑하는 주느비에브에게,

나를 보러 온 지 벌써 한 달 넘게 지났다는 사실은 알고 있니? 네가 오는 걸 네 언니들이나 내가 얼마나 좋아하는지 너도 알잖니. 그리고 여전히 독신으로 지내는 데 정신이 팔려서 나한테 손자를 안겨 줄 생각은 하지도 않는구나. 젊고 예쁜 시절이 영원할 거라고 생각하니?

너의 엄마,
클로에

사랑하는 엄마에게,

그러지 마세요, 내가 엄마를 얼마나 사랑하는지 잘 아시잖아요. 데니가 나를 이 책에 매달리게 하는 바람에 시간을 낼 수 없어서 못 간 것뿐이에요. 다음 주에 꼭 갈게요. 그리고 손자 강아지에 대한 말씀은 이제 제발 그만하세요. 나는 직업이 있는 개예요, 엄마. 지금 당장은 몰두해야 할 다른 일이 있어요. 나는 아빠가 사방에 바람피우러 돌아다니는 동안 엄마가 하이디랑 헌터랑 나를 혼자서 기르느라고 애쓰는 모습을 보았어요. 나는 그렇게 살고 싶지 않아요. 그러니 가만히 기다려 주세요, 엄마. 자랑스러운 딸이 될게요, 약속해요.

사랑해요,
주느비에브

~

안녕, 주느비에브,

나는 한 살 된 아름다운 여성 닥스훈트인데 최근에 우리 집 인간들이 나를 수술시키는(중성화수술을 가리킴—옮긴이 주) 문제에 대해 말하는 소리를 들었어요. 아무리 봐도 사지가 멀쩡한데 말이에요. 그 말이 도대체 무슨 뜻인가요?

당신의 진실한 벗,

애니

　친애하는 애니에게,

　인간은 인식 능력에 한계가 있어서 언어를 제대로 구사하지 못한답니다. 예를 들어, 어떨 때는 "집이 막 타오른다."고 했다가 어떨 때는 "집이 다 타 버렸어."라고 하지요, 똑같은 집에 똑같은 불인데 말이에요. 그리고 어떨 때는 "관심이 너무 많아서 탈이야."라고 했다가 또 어떨 때는 "관심이 너무 없어서 탈이야."라고 말해요. 무슨 말인지 알겠죠? 그러니 인간이 당신을 수술시킨다는 말이 사실은 멀쩡한 다리를 부러뜨린다는 의미라 해도 놀라지 마세요. 그냥 마음대로 하라고 하세요……. 그러는 편이 속 편해요.

무한한 애정과 키스를 보내며,

주느비에브

친애하는 주느비에브에게,

당신은 예전에 집 안에서 뭘 부순다든가 하는 나쁜 개였던 적이 있나요?

사랑해요,

푸프

친애하는 푸프에게,

혹시 기자세요? 나는 이런 질문에는 대답할 수 없어요. 하지만 숨길 게 하나도 없다는 사실을 보여 주기 위해 대답하지요. 그래요, 나한테도 거실 양탄자 가장자리를 잘근잘근 씹어서 구멍을 내던 시절이 잠시 있긴 했어요. 그러면 양탄자가 더 예뻐 보인다고 생각했었어요. 하지만 카트리나랑 데니는 그렇게 생각하지 않더군요. 나는 그 실수를 통해 많은 걸 깨달았고 지금은 기회가 있을 때마다 젊은 개들한테 양탄자를 물어뜯으면 안 된다고 가르친답니다.

무한한 애정과 키스를 보내며,

주느비에브

친애하는 주느비에브에게,

우리 집 인간이 나한테 어질리티 훈련을 시키려고 하지
만 나는 엄격한 훈련이 싫어요. 어떻게 해야 하나요?

당신의 팬,

기즈모

친애하는 기즈모에게,

어질리티 훈련을 받으세요. 그러면 당신네 인간의 몸매
가 좋아질 것이고, 운이 따르면 그들이 먼저 나가떨어질 수
도 있어요.

무한한 애정과 키스를 보내며,

주느비에브

친애하는 주느비에브에게,

우리 집 인간들이 나를 혼자 집에 남겨 두고 자기네끼리
만 나가는 걸 미안하게 여기도록 만드는 제일 좋은 방법은

뭘까요?

진심을 담아서,

소피아

친애하는 소피아에게,

그건 아주 쉽답니다. 다음에 당신네 인간들이 당신만 집에 남겨 두고 자기네끼리 나가려고 하면, 이리저리 뛰어다니고 펄쩍펄쩍 뛰면서 목줄을 가져오고 온몸이 요동치도록 꼬리를 흔드는 등, 아주 행복해서 죽을 것처럼 행동하세요. 물론 인간한테 이렇게 한다는 게 쉽지는 않겠지만 한번 해 보면 엄청나게 재미있을 거예요.

무한한 애정과 키스를 보내며,

주느비에브

안녕하세요, 주느비에브?

나는 두 살 된 콜리종인데 최근에 기초 복종 훈련에서 낙제했어요. 제대로 듣질 않았거든요. 우리 집 인간들은 아주

크게 실망한 나머지 그 과정을 처음부터 다시 시키겠다고
한답니다. 그래야 할까요?

행운을 빌며,
렉스

친애하는 렉스에게,

나는 당신이 아주 자랑스럽답니다. 바로 내가 기초 복종
훈련에 낙제한 경험이 있거든요. 이 훈련 과정은 개들을 인
간처럼 행동하도록 만들려는 선전에 불과해요. 교황한테
쓰레기를 치우게 하는 거나 다름없지요. 만일 그 인간들이
당신을 그 과정에 다시 보낸다면 탁월한 정치인처럼 행동
하세요. 그들이 원하는 걸 다 들어준 다음 훈련 과정이 끝
나면 모두 잊어버린 채 뒤도 안 보고 떠나는 거예요.

무한한 애정과 키스를 보내며,
주느비에브

친애하는 주느비에브에게,

당신이 제일 좋아하는 장난감은 어떤 건가요?

사랑해요,

모차르트

친애하는 모차르트에게,

나는 첫 장난감을 아직도 제일 좋아한답니다. 내가 태어나기도 전에 카트리나가 구해서 옷장 구석에 숨겨 놓았던 조그만 농구공이에요. 카트리나는 이미 그때부터 나를 사랑하고 있었던 거예요!

무한한 애정과 키스를 보내며,

주느비에브

우리의 대리인인 런치북스 도서 저작권 에이전시의 데이비드 푸게이트의 풍부한 상상력과 유머 감각, 그리고 사이먼 앤 슈스터의 편집자 에밀리 웨스트레이크의 열정과 조력, 그리고 전 세계에 퍼져 있는 주느비에브의 수많은 팬이 보내 준 끊임없는 지원과 격려에 감사를 드립니다.

어릴 적 생각이 납니다. 여름방학 때 시골 이모네 집에 갔다가 강아지 한 마리를 받아 왔습니다. 너무나 귀엽고 너무나 예뻤습니다. 하지만 학교에 다녀온 어느 날 강아지가 죽었습니다. 부엌에 놓은 쥐약을 먹은 것입니다. 나는 울면서 그 개를 묻어 주었습니다.

이 책에는 개와 인간의 관계를 둘러싼 다양한 이야기가 나옵니다. 유기견을 주워서 그 개와 함께 유년기와 청년기를 보내고 대학 기숙사에서 그 개가 죽었다는 소식을 듣는 순간 책상에 엎어진 채 눈물을 펑펑 흘리는, 그리고 삶이라는 걸 새롭게 느끼는 데니, 개에 둘러싸인 채 어린 시절을 보냈고 어른이 된 다음에 개 없이 사는 삶이 너무나 슬픈 카트리나……

프라이드 박사(데니)는 천재적인 개 주느비에브가 멍멍 짖는 소리를 해석해서 이 책을 썼다고 합니다. 개가 목줄로 인간을 질질 잡아끄는 이유는 자기가 인간보다 똑똑하다고 생각하기 때문이며, 개가 바닥을 둘레둘레 살피는 건 "거기에 담겨 있는 이야기를 읽는 거"란 내용에서는 고개가 절로 끄덕여졌습니다. 개의 다양한 행동을 인간의 눈으로 보지 않고 개의 시각에서 바라보는 포용력, 이런 포용력으로 서로를 대하고 세상을 바라볼 수 있다면 아주 행복할 거란 생각이 들었습니다.

주느비에브의 '반려인간' 인 데니스 프라이드 박사는 물리학과 철학에서 박사학위를 받고 다양한 경력에 종사했지만 게으른 생활이 좋아서 모든 경력을 내던지고 게으른 행복을 마음껏 추구하는 반면, 주느비에브는 프랑스 최고의 순종 파피용으로 아주 정열적이고 우아하며 다정하고 지적이며 사랑스럽고 명랑하며 민첩하고 소유욕과 의지력이 강한 성격을 지니고 있습니다. 데니는 그런 주느비에브의 눈으로 세상을 바라봅니다. 그 세상은 너무나 느긋하고 평화롭고 유쾌합니다. 심지어 허리케인을 피하러 갔다가 오히려 정통으로 허리케인이랑 부닥치는 급박한 상황까지도 느긋하게 다가옵니다. 반면에 색다른 시각으로 바라본 인간은 너무나 멍청하고 엉뚱합니다. 자기 얼굴은 변한 게 하나도 없는데 하루에 몇 시간씩 거울을 쳐다봅니다. 본질을 놓치고 현상에 빠져서 허우적거립니다. 주느비에브는 그걸 인간한테 자의식이 없다는 증거로 봅니다. 하지만 그런 모습까지도 사랑스럽게 바라보는 시선이 부럽습니다.

현대인은 항상 2% 부족한 고독감에 시달리고 있습니다. 이 고독감이 인간을 타락으로 몰아갑니다. 지금까지 나는 애완견이 이런 고독감을 해소해 준다고, 그래서 반려견이라 한다고 생각했습니다. 하지만 이 책을 보는 순간, 개를 사랑하는 인간은 생명에 대해 깊이 이해할 수 있고 그래서 삶의 지평을 그만큼 넓힐 수 있다는 새로운 사실을 깨달았습니다. 삶을 그만큼 더 풍요롭게 가꿀 수 있다는 사실도 깨달았습니다. 인간들이 개를 통해 서로를 확인하고 더 가까워질 수 있겠다는 생각도 했습니다.

강아지를 사랑하고 그 죽음을 슬퍼하던 어릴 적 마음이

피어오릅니다. 이제 나도 색다른 시선으로 좀 더 느긋하게
세상을 바라보며 살아가고픈 욕망을 느낍니다. 각박한 경쟁
구도에서 한발 벗어나 넓은 세상을 바라보고 싶은 갈망을
느낍니다.

어느 날 장자는 나비가 되어 날아다니는 꿈을 꾸다가 잠에
서 깨어났습니다. 자리에서 일어난 장자는 이렇게 말합니다.
"내가 나비가 된 꿈을 꾼 것인가. 아니면 나비가 장자가
된 꿈을 이제 막 꾸기 시작한 것인가?"

송천동에서

김 옥 수

이렇게 많이 사랑받는 행복한 개의 이야기를 읽으니 버려지는 강아지들이 더욱 안쓰러워요. 이런 강아지들도 빨리 주느비에브의 데니처럼 괜찮은 인간을 만났으면 좋겠습니다.
- 가수 티아라(소연, 보람, 큐리)

순종 파피용은 흔하지 않다는데, 게다가 글을 쓰는 작가 파피용이라니… 한 성깔 하는 것 같기는 하지만 희소성 면에서 일등감이다.　**- 가수 윤종신**

강아지의 마음속에 들어갔다 나온 것 같다. 어떻게 해야 괜찮은 반려인간이 될 수 있을까를 생각해 보게 되었다.　**- 가수 박상민**

사실 우리 인간들은 강아지가 꼬리를 흔드는 대로 조종당하고 있었다는 걸 이 책을 읽고 나서야 깨달았다.　**- 가수 김현철**

이렇게 사랑스러운 파피용 아가씨를 동반자로 삼고 있는데 재미있는 책에 대한 착상이 떠오르지 않을 리가 없다! 인간과 개의 교감이 세상을 풍요롭게 하는 매우 좋은 예.　**- 작곡가 주영훈**

하고 싶은 말이 이렇게 많은데 사람들은 강아지 말을 못 알아들으니 그동안 얼마나 답답했을까! 읽는 내내 진짜로 이런 생각을 할 것 같아서 뜨끔했다.
- 가수 김수희

거부할 수 없는 사랑스러움! 귀엽고 발랄하고 통통 튀는 매력.
- 영어강사 박현영

오랜만에 책을 읽고 나서 마음이 가벼워졌다. 그렇지만 책 내용은 결코 가볍지만은 않으니, 주느비에브는 진정 견(犬)권 신장을 외치는 액티비스트다!
- 영어강사 곽영일